INTRUSO

IAIN REID

INTRUSO

TRADUÇÃO DE MAIRA PARULA

FÁBRICA231

Título original
FOE
A Novel

Esta é uma obra de ficção. Qualquer referência a fatos históricos, pessoas reais, vivas ou não, ou lugares foi usada de forma fictícia. Outros nomes, personagens, locais e acontecimentos são produtos da imaginação do autor, e qualquer semelhança com acontecimentos reais ou lugares ou pessoas, vivas ou não, é mera coincidência

Copyright © 2018 *by* Iain Reid

Todos os direitos reservados incluindo o de reprodução no todo ou em parte sob qualquer forma.

Edição brasileira publicada mediante acordo com The Foreign Office e Transatlantic Literary Agency Inc.

FÁBRICA231
O selo de entretenimento da Editora Rocco Ltda.

Direitos para a língua portuguesa reservados com exclusividade para o Brasil à
EDITORA ROCCO LTDA.
Av. Presidente Wilson, 231 – 8ª andar
20030-021 – Rio de Janeiro, RJ
Tel.: (21) 3525-2000 – Fax: (21) 3525-2001
rocco@rocco.com.br
www.rocco.com.br

Printed in Brazil/Impresso no Brasil

preparação de originais
SOFIA SOTER

CIP-Brasil. Catalogação na publicação.
Sindicato Nacional dos Editores de Livros, RJ.

R284i

Reid, Iain
  Intruso / Iain Reid; tradução de Maira Parula. – 1. ed. – Rio de Janeiro: Fábrica231, 2019.

  Tradução de: Foe
  ISBN 978-85-9517-062-9
  ISBN 978-85-9517-064-3 (e-book)

  1. Ficção canadense. 2. Romance. 3. Livros eletrônicos. I. Parula, Maira. II. Título.

19-59898

CDD: 819.13
CDU: 82-3(71)

Vanessa Mafra Xavier Salgado – Bibliotecária – CRB-7/6644

O texto deste livro obedece às normas do Acordo Ortográfico da Língua Portuguesa.

Para Ewan

Devemos ter cuidado com o que levamos
quando partimos para sempre.
— Leonora Carrington,
The Hearing Trumpet

ATO UM

CHEGADA

D ois faróis. Eu acordo ao vê-los. Estranhos porque são de uma tonalidade de verde distinta. Diferentes dos faróis brancos que costumamos ver por aqui. Eu os observo pela janela, brilhando no final da rua. Devo ter caído numa espécie de letargia; um torpor pós-jantar, a barriga cheia agravada pelo calor da noite. Pisco várias vezes, tentando enxergar melhor.

Não há sinais, nem explicação. Não escuto o carro daqui. Apenas abro os olhos e vejo as luzes verdes. É como se tivessem vindo do nada, sacudindo-me do meu torpor. São mais ofuscantes do que a maioria dos faróis, cintilando entre as duas árvores mortas no final da rua. Eu não sei que horas são, mas está escuro. Está tarde. Tarde demais para uma visita. Não que tenhamos muitas.

Nós não recebemos visitas. Nunca. Não aqui.

Eu me levanto e me espreguiço. Minha lombar está rígida. Pego a garrafa aberta de cerveja que está ao meu lado, dou alguns passos para a frente, indo da minha poltrona até a janela. Minha camisa está desabotoada, como costuma ficar a essa hora da noite. Nada parece simples com este calor. Tudo exige esforço. Espero para ver se, como eu penso, o carro irá parar, fazer um retorno, pegar a estrada, continuar em frente e nos deixar em paz, como deveria.

Isso não acontece. O carro fica onde está; as luzes verdes apontam na minha direção. Finalmente, após uma longa hesitação, relutância ou incerteza, o carro avança em direção à casa.

Você está esperando alguém?, grito para Hen.

— Não — responde ela, do andar de cima.

Claro que não. Não sei por que perguntei. Nós nunca recebemos visita aqui a esta hora da noite. Nunca. Tomo um gole da cerveja. Está quente. Fico vendo o carro seguir até a casa e parar ao lado da minha caminhonete.

Hen, é melhor você descer, grito de novo. Chegou alguém aqui.

O uço Hen descer as escadas, vindo para a sala. Eu me viro. Ela deve ter acabado de sair do banho. Está de short desfiado e regata preta, o cabelo molhado. Ela é linda demais. Mesmo. Acho que nunca é mais ela mesma ou mais bonita do que agora, assim, do jeito que está.

Oi, digo.

— Olá.

Não dizemos mais nada por um momento, até que ela quebra o silêncio:

— Eu não sabia que você estava aqui. Que tinha entrado, quero dizer. Pensei que ainda estivesse no celeiro.

Ela leva a mão aos cabelos, brincando com eles de uma maneira específica, enrolando-os lentamente com o dedo indicador e depois esticando. É compulsivo. Ela faz isso quando está tentando se concentrar. Ou quando está tensa.

Chegou alguém aqui, digo novamente.

Ela fica ali parada, olhando para mim. Acho que nem piscou. Postura rígida, atitude reservada.

O que foi?, pergunto. Por que está assim? Está tudo bem?

— Tudo — responde. — Não é nada. Estou surpresa que tenha vindo alguém aqui.

Hen dá alguns passos hesitantes na minha direção. Mantém-se a um braço de distância, mas está perto o suficiente agora para que eu possa sentir o cheiro do seu hidratante. Coco e mais alguma coisa. Menta, acho. É um cheiro único, que identifico como Hen.

— Você conhece alguém que tem um carro preto como esse?

Não, digo. Parece oficial, como os do governo, né?

— Pode ser — diz ela.

Os vidros são escurecidos. Não consigo ver nada no seu interior.

— Ele deve estar querendo alguma coisa. Seja lá quem for. Para vir até aqui.

A porta do carro finalmente se abre, mas não sai ninguém. Pelo menos não de imediato. Nós esperamos. A sensação é de que se passaram cinco minutos — de pé, observando, esperando para ver quem vai sair do carro. O provável é que tenham sido só vinte segundos.

Finalmente, vejo uma perna. Alguém sai. Um homem. Com cabelos louros compridos. Vestindo um terno escuro, camisa com o colarinho aberto, sem gravata. Ele traz uma pasta preta. Fecha a porta do carro, ajusta o paletó e caminha até a varanda da frente. Eu ouço seus passos nas velhas tábuas de madeira. Ele não precisa bater na porta porque estamos aqui e ele nos vê pela janela. Sabemos que ele chegou, mas esperamos e ficamos olhando mesmo assim. Por fim, ouvimos a batida.

Você atende, digo, abotoando os botões do meio da minha camisa.

Hen não refuta, apenas dá meia-volta e sai da sala de estar, vai até a porta da frente. Ela demora, olha para mim, vira-se, respira fundo e depois abre a porta.

INTRUSO

— Olá — diz ela.
— Oi. Desculpe incomodá-la a esta hora — responde o homem.
— Espero que não haja problema. Henrietta, estou certo?
Ela confirma com um gesto de cabeça e olha para os pés.
— Meu nome é Terrance. Eu gostaria de ter uma palavrinha com você. De entrar, se for possível. Seu marido está em casa?
O sorriso escancarado do homem não mudou desde que ela abriu a porta, não mudou um milímetro.
Do que se trata?, pergunto, entrando na antessala. Estou logo atrás de Hen e coloco a mão no seu ombro. Ela estremece ao sentir o meu toque.
O homem volta sua atenção para mim. Eu sou mais alto do que ele, mais encorpado. Alguns anos mais velho. Nossos olhares se encontram. Ele mantém sua atenção concentrada em mim por vários segundos, mais do que considero normal. Seu sorriso sobe para os olhos, como se estivesse encantado com o que vê.
— Junior, não é? Desculpe, nós o conhecemos?
— Você está ótimo.
Quê?
— É impressionante. — Ele olha para Hen. Ela não olha de volta.
— Eu passei o trajeto com frio na barriga, e não é uma viagem curta de carro da cidade até aqui. É emocionante finalmente vê-los assim. Estou aqui para conversar com vocês dois. Isso é tudo — diz ele. — Só para conversar. Acho que vocês vão querer ouvir o que eu tenho a dizer.
Do que se trata?, pergunto novamente.
Há algo incomum na presença desse homem. O constrangimento de Hen é visível. Estou constrangido porque Hen está constrangida. É melhor ele começar a entrar logo no assunto.
— Estou aqui em nome da OuterMore. Já ouviram falar de nós?

OuterMore, digo. É a empresa que lida com...
— Posso entrar?
Abro mais a porta. Hen e eu nos afastamos para ele passar. Mesmo que esse estranho esteja mal-intencionado, já vi o suficiente para saber que Terrance não é uma ameaça, não para mim. Ele não é grande coisa. Tem o físico de um funcionário de escritório, uma estrutura delicada. É um burocrata. Não um homem como eu, um trabalhador que pega no pesado, alguém acostumado a usar o corpo para trabalhar. Uma vez dentro da antessala, ele olha em volta.

— Bela casa — diz ele. — Espaçosa. Rústica, sem adornos, encantadora. Adorável.

— Você quer se sentar, aqui? — diz Hen, levando-nos para a sala de estar.

— Obrigado — responde ele.

Hen acende uma luminária e se senta em sua cadeira de balanço. Eu me sento na minha poltrona reclinável. Terrance está no meio do sofá, à nossa frente. Ele põe a pasta na mesa de centro. As pernas da calça sobem um pouco quando ele se senta, deixando ver que usa meias brancas.

Alguém mais no carro?, pergunto.

— Só eu — diz ele. — Fazer esse tipo de visita é o meu trabalho. Demorei um pouco mais para chegar aqui do que calculei a princípio. Vocês moram longe, hein? Foi por isso que cheguei tarde. Mais uma vez, minhas desculpas. Mas é realmente ótimo estar aqui. Para ver vocês dois.

— É, é bem tarde — diz Hen. — Você deu sorte de nos encontrar ainda acordados.

Ele está tão calmo, tão relaxado, como se já tivesse se sentado no nosso sofá centenas de vezes. Aquela excessiva tranquilidade do sujeito tem o efeito contrário em mim. Tento captar o olhar de Hen, mas ela só olha para a frente, não vai virar a cabeça para mim. Eu volto ao assunto que interessa:

Do que se trata?, pergunto.

— Ah, certo, eu não quero colocar o carro na frente dos bois. Como eu disse, sou um representante da OuterMore. Somos uma organização que existe há mais de seis décadas. Começamos no ramo de automóveis autônomos. Nossa frota de veículos autônomos era a mais eficiente e segura do mundo. Nossa missão mudou ao longo dos anos e hoje é muito específica. Nós saímos do setor automotivo para o setor aeroespacial, de exploração e desenvolvimento. Estamos trabalhando para a próxima fase de transição.

A próxima fase de transição, repito. Então, tipo, espaço? Foi o governo que mandou? Aquele carro lá fora parece do governo.

— Sim e não. Se vocês acompanham as notícias, devem saber que a OuterMore é um grupo paritário. Uma parceria. Nós temos uma filial no governo, daí o carro, e ligações com o setor privado. Eu posso mostrar-lhes um breve vídeo introdutório.

Ele tira uma tela da pasta preta. Segurando-a com as duas mãos, ele a vira para nós. Olho para Hen. Ela balança a cabeça, sinalizando para mim que eu deveria assistir. O vídeo começa. Parece no estilo típico das propagandas governamentais, excessivamente entusiástico e forçado. Mais uma vez, olho para Hen. Ela parece desinteressada. Está enrolando uma mecha de cabelo no dedo indicador.

As imagens na tela se sucedem rapidamente, rápidas demais para se discernir detalhes específicos ou vislumbrar intenções. Pessoas sorrindo, envolvidas em atividades de grupo, rindo juntas, comendo juntas. Todo mundo feliz. Há várias imagens do céu, do lançamento de um foguete e de fileiras de camas de metal no estilo militar.

Quando o vídeo termina, Terrance guarda a tela na pasta.

— Então — diz ele. — Como podem ver, estamos trabalhando nesse projeto em particular há muito tempo. Mais do que a maioria das pessoas imagina. Ainda há muito a fazer, mas as coisas estão progredindo. A tecnologia é realmente impressionante e avançada. Acabamos de receber outro significativo surto de investimentos. Já está acontecendo. Eu sei que alguma coisa sobre o assunto tem saído na mídia ultimamente, mas posso garantir que é muito mais profundo do que o que está sendo relatado. Já deveria ter acontecido há muito tempo.

Estou tentando seguir a lógica dele, mas não consigo juntar as peças.

Só para ficar claro, quando você diz "Já está acontecendo", do que exatamente está falando? Nós não acompanhamos muito as notícias, né?, digo, olhando para Hen.

— Não — diz ela. — Na verdade, não.

Fico esperando que ela elabore melhor, que faça uma pergunta, que diga alguma coisa, qualquer coisa, mas não diz nada.

— Eu me refiro à primeira viagem — diz ele. — A Instalação.

A o quê?

— A Instalação. É a primeira leva de reassentamento temporário.

Reassentamento. Tipo fora da Terra? No espaço?

— Isso mesmo.

Eu pensei que isso fosse mais uma hipótese, como uma fantasia, digo a ele. É disso que se trata?

— É muito real. E, sim, é por isso que estou aqui.

Hen exala. Parece mais um gemido audível. Não sei dizer se de incerteza ou aborrecimento.

— Desculpe, mas eu poderia tomar um copo d'água, por favor? — diz o homem. — Estou morrendo de sede por conta da viagem.

Hen se levanta, vira-se na minha direção, mas sem fazer contato visual.

— Você quer alguma coisa?

Eu recuso com um gesto. Ainda tenho que acabar a minha cerveja, a que eu estava bebendo antes de o carro chegar, antes de nossa noite tomar esse rumo imprevisível. Eu a pego na mesa e tomo um grande gole quente.

— Bem, aqui estamos nós. Esta é a casa de vocês. Muito agradável. Quantos anos tem este lugar? — pergunta ele quando Hen sai na direção da cozinha.

É muito antiga, digo. Uns duzentos anos, por aí.

— Fantástico! Adorei saber. E você é feliz aqui? Você gosta daqui, Junior? Você se sente confortável? Só vocês dois?

O que será que ele está querendo dizer?, me pergunto.

É tudo o que conhecemos, digo. Hen e eu. Somos felizes aqui juntos.

Ele inclina a cabeça para o lado, sorrindo novamente.

— É, que lugar. Que história. Deve ter muita história nessas paredes. Deve ser bom ter tanto espaço e tranquilidade. Você pode fazer o que quiser aqui, longe de tudo. Ninguém veria ou ouviria nada. Não há ninguém para incomodar. Existem outras fazendas por aqui?

Agora não muitas, digo. Costumava ter. Agora são principalmente campos de cultivo. Produção de canola.

— É, vi as plantações no caminho para cá. Eu não sabia que a canola era tão alta.

Não costumava ser, digo, quando os fazendeiros eram donos dessas terras. Hoje a maior parte é de propriedade das grandes empresas ou do governo. As empresas fizeram modificações. É uma planta híbrida, muito mais alta e mais amarela do que a original de antigamente. Quase não precisa de água. Essas plantas podem tolerar uma longa seca. Crescem mais rápido também. Não me parece natural, mas é assim que funciona.

Ele se inclina para mim.

— Isso é fascinante. Você já se sentiu um pouco... ansioso? Sozinho e isolado aqui?

Hen volta com um copo d'água e o entrega a Terrance. Ela arrasta a cadeira de balanço para perto de mim e se senta.

Fresquinha, do nosso poço, digo. Você não vai beber água como essa na cidade.

Ele agradece e leva o copo à boca, bebendo três quartos do líquido de uma só talagada, grande e ruidosa. Um pequeno riacho de água escapa pelo canto de sua boca, descendo pelo queixo. Ele deixa o copo na mesa com um suspiro de satisfação.

— Delícia — diz ele. — Agora, como eu estava dizendo, o planejamento já está em andamento. Eu sou o elemento de ligação com o departamento de relações públicas. Fui designado para o seu registro. Estarei trabalhando de perto com vocês dois.

Conosco?, digo. Nós temos um registro? Por que temos um registro?

— Não tinham. Pelo menos... quer dizer, até recentemente.

Minha boca está seca. Engulo, mas isso não ajuda.

Nós não nos cadastramos para nada, nem concordamos em ter um registro, digo, dando um gole na cerveja.

Ele exibe de novo aquele sorriso cheio de dentes. Como muitas pessoas da cidade, suponho que seus dentes perfeitamente brancos e brilhantes sejam implantes.

— Não, tem razão. Mas nós fizemos nossa primeira loteria, Junior.

Primeira o quê?, pergunto.

— Nossa primeira loteria.

— É como vocês chamam isso — diz Hen, balançando a cabeça.

Uma loteria? Do que você está falando exatamente?, pergunto.

— É difícil para mim saber até que ponto o público em geral, como vocês, já está ciente das coisas, saber o quanto vocês entenderam

INTRUSO

com base no que leram ou viram. Pelo que vejo por aqui, não é muito. Então eu resumo: você foi selecionado. É por isso que estou aqui. Embora sua boca esteja fechada, vejo Terrance passar a língua sobre a fileira superior de seus dentes. Olho para Hen. Ela está olhando para a frente novamente. Por que não olha para mim? Algo a está incomodando. Ela não tem o costume de me evitar, isso não faz parte dela. Não estou gostando nada.

— Temos que ouvi-lo, Junior — diz Hen, mas há algo de errado no seu tom. — Temos que tentar entender o que ele está dizendo.

Terrance olha para ela e de volta para mim. Ele percebeu a irritação dela? Como perceberia? Ele não nos conhece, não sabe como somos quando estamos juntos e sozinhos.

— Desculpem a minha informalidade — diz ele, levantando-se para tirar o paletó. — A água ajudou, mas ainda estou um pouco acalorado. Estou acostumado com ar-condicionado em casa. Espero que não se importem se eu ficar um pouco mais à vontade. Tem certeza de que não quer um pouco de água, Henrietta?

— Não, eu estou bem — diz ela.

Henrietta. Ele não a chama pelo apelido. Está suando pela camisa. As manchas aleatórias de umidade parecem o mapa de um arquipélago. Ele dobra o paletó e o deixa no sofá ao seu lado.

Eis o momento de fazer mais perguntas. Ele está me abrindo essa oportunidade, sua linguagem corporal deixa isso claro.

Então você disse que eu fui selecionado.

— Isso — diz ele. — Você foi.

Para quê?, pergunto.

— Para a viagem. Para a Instalação. Obviamente, trata-se de um resultado preliminar, é só o começo. Devo enfatizar que o que temos ainda é apenas uma primeira e longa lista, então não quero que você fique muito empolgado de antemão. Mas o que posso dizer? É difícil não ficar empolgado. Estou empolgado *por* você. Eu adoro essa parte do meu trabalho mais do que qualquer outra coisa: dar uma boa notícia. Não tem nada garantido, preciso que você entenda bem. Na verdade, longe disso, mas já é significativo. Este é um momento muito significativo.

Ele olha para Hen. O rosto dela não tem expressão alguma.

— Você não acreditaria na enxurrada de voluntários que tivemos nos últimos anos. Milhares de pessoas estão morrendo de vontade de serem escolhidas. Há muitas pessoas que dariam tudo o que têm para receber esta mesma boa notícia agora. Assim sendo...

Eu realmente não estou entendendo, digo.

— Sério? — Ele dá uma gargalhada, balança a cabeça e volta a ficar sério. — Junior, você conseguiu! Você está na primeira lista! Para a Instalação. Se as coisas progredirem, se você for escolhido, poderá visitar as operações da OuterMore. Você pode até mesmo fazer parte da primeira leva. O primeiro grupo. Você pode ir morar lá em cima.

Terrance aponta para o teto, mas seu gesto significa muito além do teto, na direção do céu. Ele passa a mão na testa, esperando que a notícia seja assimilada, e depois continua:

— É uma chance única. É só o começo. Nós tivemos a iniciativa dessa primeira loteria porque esse tipo de... recrutamento afortunado... pode levar tempo.

Tomo mais um gole de cerveja. Acho que vou precisar de outra garrafa.

Recrutamento afortunado?

— Eu sei que isso é maravilhoso — diz Terrance. — E leva tempo para entender. Mas lembre-se, eu sempre digo uma coisa, e realmente acredito nisso: tudo muda. A mudança é uma das únicas certezas da vida. O progresso dos seres humanos. Temos que acreditar nisso. Nós evoluímos. Avançamos. Nós nos expandimos. O que parece inverossímil e radical torna-se normal e depois obsoleto rapidamente. Passamos para a próxima fase, o próximo desenvolvimento, a próxima fronteira. O que há lá em cima não é realmente de outro mundo. Está longe. Está além do nosso alcance na maior parte da nossa existência. Mas está ficando mais perto a cada dia, o tempo todo. Estamos nos aproximando. Entende? Os olhos dele estão cheios de um entusiasmo confiante. Como meus olhos devem parecer a ele? Não é entusiasmo o que sinto. Deveria ser, mas não é. Eu olho para Hen. Ela percebe que estou olhando, vira-se para mim e sorri gentilmente. Até que enfim. Um sorriso. Algo para nos unir. Ela está comigo. Ela voltou.

É uma loucura, digo, estendendo a mão para tocar o braço de Hen. O espaço. É de outro mundo. Nós já temos um mundo aqui. Uma vida. Aqui. Juntos.

Estou começando a me sentir na defesa, protetor dessa vida, a única que conheço e entendo.

Você aparece do nada aqui na minha casa para anunciar que eu devo partir?, digo. Independentemente do que eu queira fazer? Você acha que depois de todo esse tempo morando aqui com Hen eu poderia realmente ir embora? Eu nunca pedi isso. Isso não é normal.

Terrance sorri novamente, se inclina para a frente devagar, com cautela.

— Olha — diz ele. — Este é o aviso. — Ele se cala por um segundo e muda de posição no meu sofá. — Não, desculpe. Esta não é a palavra certa. *Aviso* soa como uma coisa negativa. E não é. É uma coisa boa. É um sonho transformado em realidade. E eu admito que você não se ofereceu para isso. Não exatamente. Mas você falou sobre o espaço antes. Nosso algoritmo pegou isso.

Hen se empertiga ao ouvir isso.

— Então você está ouvindo nossas conversas? Há quanto tempo está nos ouvindo?

Há uma estranha apreensão em sua voz que não me soa familiar. Faz com que eu me sinta... eu não sei como me sinto diante disso. Só sei que não gosto.

Terrance ergue a mão como se pedisse desculpas.

— Por favor — diz ele. — Eu não estou sendo claro. Não estou explicando as coisas muito bem. Não é vigilância ou escuta ativa. Os microfones nas telas de vocês estão sempre ligados, vocês sabem disso. É uma coleta de dados. O programa que usamos classifica as informações, categoriza-as. Ele reconhece palavras de interesse.

— Certamente vocês vão escutá-lo ainda mais de perto agora, não é? — diz Hen.

— Sim, vamos.

O rosto de Hen está rígido, composto, enigmático.

Palavras de interesse? Você pode explicar?, pergunto. Que tipo de palavras teria sido registrado para essa loteria? Uma loteria sobre a qual eu nada sabia, pra começo de conversa.

Espero que seja esta a pergunta que Hen quer ver respondida.

— No que nos diz respeito, palavras de interesse são qualquer tipo de conversa sobre viagens, espaço, planetas ou a Lua. Nós as captamos, isso é certo. É a informação de que precisamos. — Ele faz uma pausa como se estivesse decidindo o que dizer. — Nosso sistema de loteria é complexo e impossível de explicar de forma simples. Vocês têm que confiar em nós. Tudo tem a ver com confiança.

Hen está com as mãos apertadas, unidas. Ela está tão inerte, tão quieta. Por que não fala nada? Por que não faz mais perguntas? Por que está deixando tudo para mim?

Você pode nos contar mais?, pergunto. O que é esse desenvolvimento?

— Quando tudo começou, anos atrás, havia muitas possibilidades para a vida humana no espaço. Ou pelo menos assim acreditávamos. A Lua. Marte. A OuterMore estava até pensando em colonizar um planeta recém-descoberto que orbitava uma estrela em um sistema solar vizinho. No fim, decidimos construir nosso próprio planeta, por assim dizer, nossa própria estação espacial.

Tudo isso que ele está dizendo, essa história de sistemas solares vizinhos, é difícil para alguém como eu compreender. Mas tenho que tentar.

Por quê?, pergunto. Por que construir uma estação quando há lugares perfeitamente bons para se viver aqui? E por que construir toda uma estação espacial se já existem planetas bons à disposição?

Terrance coça o lado da cabeça.

— Por muitas razões. Por exemplo, se você fosse viajar para um desses planetas, mesmo que viajasse na velocidade da luz, o que é impossível, levaria aproximadamente setenta e oito anos para chegar lá e voltar. Então isso foi uma barreira. Daí, em vez disso, nós optamos por conquistar outras barreiras. Sabíamos que queríamos que a primeira fase, o desenvolvimento, fosse um período de teste, uma investigação. As pessoas iriam morar lá, nós as observaríamos, faríamos testes, análises completas, e depois elas voltariam para casa. Construir nosso próprio planeta foi a melhor ideia para este modelo. Já houve outras estações espaciais. Durante muito tempo. Nossa primeira foi lançada há vários anos. Temos trabalhado nisso desde então. O desenvolvimento expandiu-se rapidamente. Agora tornou-se uma gigantesca estação espacial. Está orbitando a Terra agora mesmo, enquanto conversamos. Ainda não está concluída, mas está lá.

Nós não conseguimos evitar, penso, não conseguimos parar de nos expandir, de nos alastrar, de conquistar.

E o governo sabe disso tudo?

— Nós somos o governo — diz ele. — Estamos associados ao governo. É a nossa pesquisa.

Eu nunca estive nem num avião, digo. Nem a Hen. Ela odiaria. Ela nunca viajou para longe. Ela teria pavor de ir numa viagem espacial.

— Ah — diz Terrance. — Eu deveria ter esclarecido isso logo no começo. A culpa é minha. É de você que eu estou falando aqui, Junior. Só você.

Então tudo fica claro. De repente entendo o que ele está sugerindo.

Nós não estamos os dois na lista? Não participamos ambos da loteria?, pergunto.

— Não, eu sinto muito. Só você, Junior.

Hen não esboça uma reação. Ela não diz nada. Nem sequer suspirou ou emitiu um som. Ela só fica sentada ali. Eu fico sem entender, sentindo que não tenho escolha, não tenho saída. Ela não está ajudando.

O que vai acontecer agora?, pergunto.

— Nada, na verdade. Nada que seja urgente ou imediato. A lista ainda é longa, assim como o processo. Pense nisso como uma maratona. Faz parte da nossa política dar a você essa notícia pessoalmente, se possível. É a melhor forma de dar início ao nosso relacionamento. Se você não for selecionado para a próxima lista, a lista curta e seleta de candidatos, esta é a nossa primeira e última visita, mas pode ser muito mais do que isso.

Quanta gente tem nesta primeira lista?

— Infelizmente, e eu estou certo de que você pode compreender isso, Junior, não posso revelar nenhum detalhe além de que você está incluído nela. Todo o resto está sob sigilo. O que eu posso dizer é que nada será decidido por alguns anos ainda.

Alguns anos. Ouvir isso me ajuda a relaxar. Essa possibilidade remota está, na verdade, distante, tão distante como a própria estação espacial em órbita. Talvez Hen tenha entendido isso desde o início. Talvez seja por isso que ela está tão quieta, tão calma.

Isso leva a nossa conversa para um fim, mais ou menos. Na verdade, Terrance continua a falar, a pontificar, a explicar os objetivos da OuterMore por mais de uma hora, mas ele não está dizendo nada de relevante para mim. Quando o interrompo com uma pergunta ou comentário, ele segue o padrão da empresa. A maior parte do que diz parece ensaiada. Eu me pergunto há quanto tempo ele faz esse tipo de trabalho. Não deve ter tanto tempo assim. Ele ainda parece programado e inseguro. É visível que demonstra empolgação. Nenhuma dúvida quanto a isso. Em um determinado momento, ele nos fala de um produto que a OuterMore desenvolveu, chamado Life Gel, uma espécie de creme tópico que ajuda os corpos na aclimatação com a ausência de atmosfera. Um gel, eu acho. Um gel que ajuda você a se acostumar com algo. É tão estranho, tão abstrato, que não consigo nem imaginar.

Quando Terrance pede licença para ir ao banheiro, Hen e eu ficamos sozinhos finalmente. A princípio, nenhum de nós diz nada. Permanecemos sentados num silêncio atordoado, desconcertante. Até que, por fim, Hen dirige-me um olhar.

Olho diretamente nos olhos dela. Agora que ela me vê, que está prestando atenção em mim, eu me sinto melhor no mesmo instante.

— No que você está pensando? — pergunta.

Não sei dizer. Estou apenas tentando absorver tudo, digo, balançando a cabeça. Eu sei que deveria estar feliz e animado, que esta é uma oportunidade pela qual a maioria das pessoas pagaria, mas...

— Você está chateado? Assustado? Desagradavelmente surpreso?

Não, não, não, digo. Estou bem.

— Bom — diz ela. — É muita coisa para absorver. Porra de Life Gel.

É, porra de Life Gel, repito.

Terrance volta do banheiro e não temos mais a chance de conversar sozinhos. Ele retoma exatamente o ponto onde parou, sem uma pausa. Ainda assim, não responde a nenhuma das minhas perguntas. Fica tangenciando por abstrações. Revela detalhes de algoritmos complexos relacionados a essa primeira lista longa. Mostra mais vídeos de foguetes recém-projetados com exaustão transparente e outro que tenta explicar algo chamado "empuxo vetorial".

Hen, sentada ao meu lado o tempo todo, fica escutando aquilo tudo. Depois de meia hora, ela pede licença e se retira. Terrance fica falando comigo por mais um tempo, até que por fim ele parece não ter mais nada a dizer. Eu sei que tenho mais perguntas a fazer a ele, mais preocupações que eu gostaria de compartilhar, mas toda essa experiência foi tão inesperada e avassaladora que não consigo nem lembrar mais das perguntas que queria fazer. Perdi toda a minha capacidade de resistência, toda a minha curiosidade. Eu o acompanho até o carro e nós nos despedimos com um aperto de mãos. Olhando para ele ali fora, sentindo sua mão na minha, tenho a estranha sensação, pela primeira vez nesta noite, de que ele, de alguma forma, me é familiar.

Ele coloca sua pasta no carro, deixa a porta aberta e me surpreende, virando-se e me puxando para um abraço. Quando me solta, recua e agarra meu ombro.

— Parabéns — diz ele. — Estou muito feliz por te ver aqui.

Eu te conheço?, pergunto.

Aqueles dentes. Aquele sorriso.

— É apenas o começo. O primeiro dia. Mas tenho a agradável sensação de que vamos nos rever em breve — diz ele, entrando no carro. — Boa sorte para você.

A porta se fecha com um baque surdo. Fico vendo o carro descer o caminho e pegar o rumo da estrada. Está escuro como breu agora. Posso ouvir os grilos e outros bichinhos do mato na plantação de canola. Olho ao redor. Aqui é o meu lugar. É o que eu conheço. É tudo que já conheci. Sempre achei que seria tudo que conheceria. Olho para o céu pintado de estrelas. O mesmo que sempre foi. Eu olhei para esse mesmo céu noturno por toda a minha vida. É o único céu que já vi. Todas essas estrelas. Satélites. A Lua. Eu sei que a Lua é muito longe, mas parece diferente hoje à noite. Nunca pensei nisso antes, mas se posso ver tudo isso, essas estrelas e a Lua, vê-las daqui com meus próprios olhos, a que distância elas realmente podem estar?

A casa está silenciosa quando volto. Hen deve ter ido se deitar. O que é estranho. Ela subiu sem esperar para falar comigo primeiro? Está exausta. Deve ser isso. Um homem estranho com notícias estranhas aparecendo assim do nada. Posso entender o cansaço dela.

Desligo a luminária da sala de estar. Recolho o copo de água e as garrafas de cerveja, levo para a cozinha e deixo na bancada perto da pia. Abro a geladeira, dou uma olhada, mas não tiro nada. O ar frio que escapa da geladeira me dá uma sensação de alívio.

Subo as escadas no escuro, parando em cada degrau para ver as fotos na parede. Não me lembro da última vez que fiz isso, que parei ali para ver essas fotos. Naquele escuro preciso chegar bem perto para poder enxergá-las. São três no total, emolduradas e penduradas em sequência. Há uma de Hen e eu juntos, e duas de nós sozinhos.

A nossa foto juntos é uma selfie. Difícil dizer onde foi tirada. Hen está de boca aberta, numa gargalhada. Está feliz. Provavelmente foi por isso que ela pendurou essa foto. Na minha foto sozinho, eu pareço muito mais jovem. Mal posso me reconhecer. Foi Hen quem tirou essa foto?

Continuo subindo as escadas e sigo diretamente para o nosso quarto. A porta está fechada. Não sinto necessidade de bater na porta do meu próprio quarto, então a abro lentamente. Hen está na nossa cama, deitada de costas.

Você vai conseguir dormir depois disso?, digo. Não vai querer conversar sobre esta loucura toda de hoje?

Ela cruza as mãos e as pousa sobre os olhos.

— Eu sinto muito. Prefiro dormir agora. Podemos conversar amanhã.

Você está se sentindo bem?, pergunto, entrando pelo quarto. Então percebo que ela não se despiu, ainda está vestida.

Ela ergue a cabeça.

— Na verdade, não estou me sentindo lá muito bem. Sei lá, não é nada de mais, mas você se importaria de dormir no quarto de hóspedes hoje?

Sério?, digo.

Eu não me lembro de ter dormido algum dia no quarto de hóspedes. Nunca foi preciso.

— Eu sei que é incomum, me desculpe. É só que, se eu estiver doente, é melhor que você não fique.

Eu não estou preocupado em pegar coisa alguma.

A cama do quarto de hóspedes está feita?, pergunto.

— Está, eu a arrumei hoje de manhã. Prometo que é só por hoje. Amanhã estarei me sentindo melhor. Tenho certeza.

Você estava se sentindo mal hoje de manhã? Você não me disse nada.

INTRUSO

— Não, eu arrumei a cama para ficar arrumada, só isso.

Nós precisamos conversar, sabe, digo. Eu pensei que íamos nos sentar juntos, falar sobre tudo que aconteceu hoje à noite, sobre o que Terrance disse, sobre as possibilidades, sobre o próprio Terrance... quer dizer, o que você achou desse cara?

— Junior, estou muito cansada mesmo, então, se não for problema para você, vou tentar dormir.

Ela se vira na cama, me dando as costas.

Tá, tudo bem, digo. Conversamos amanhã.

Saio.

Mas quando chego à porta, eu a ouço dizer:

— Junior?

Sim?

— Você pode fechar a porta, por favor?

Claro, digo.

Prefiro não dizer que o quarto vai ficar ainda mais quente com a porta fechada, isso só a aborreceria. Pouco antes de a porta estar completamente fechada, um pensamento me vem à mente, uma preocupação que estava me incomodando. Enfio a cabeça pela fresta da porta.

Ah, por falar nisso. Como você sabia?

Ela se vira para me encarar.

— Sabia o quê?

Quando o carro estacionou, antes de Terrance descer, você disse "Ele deve estar querendo alguma coisa". Como você sabia que era um homem?

— Eu disse isso?

Disse.

— Você tem certeza?

Tenho.

Ela bufa.

— Eu não sei, Junior. Não foi intencional. Devo ter falado sem pensar. Boa noite.

Boa noite, digo, fechando a porta.

Só quando chego no quarto de hóspedes e vejo a pequena cama de solteiro arrumada com lençóis brancos e limpos é que ouço o clique da porta do nosso quarto sendo trancada.

Quando se recebem notícias importantes, notícias inesperadas, chocantes e potencialmente transformadoras da sua vida, como aconteceu quando Terrance chegou, isso tem um efeito peculiar em tudo, especialmente em como pensamos e organizamos nossos pensamentos.

É o que estou aprendendo sobre mim mesmo.

Por cerca de uma ou duas semanas após a visita de Terrance, Hen parecia à flor da pele, distante, como se mostrara durante a visita dele. Sem motivo aparente, ela de repente queria passar a maior parte do tempo sozinha. Nós fazíamos as refeições juntos, mas falávamos pouco. Ela mantinha-se em silêncio. Depois daquela visita, quis dormir sozinha todas as noites, e fez isso por quase uma semana. Por fim, um dia ela disse que eu poderia voltar a dormir em nossa cama, se eu quisesse, mas estava tensa. Eu podia sentir a sua ansiedade ao meu lado. Era palpável. Eu não acho que ela tenha dormido muito.

De manhã, admitiu ter ficado acordada a maior parte da noite. Isso continuou acontecendo por um tempo.

Aos poucos, voltou a ser a verdadeira Hen, a Hen que eu conheço, o seu eu normal. É isso o que o tempo faz. Ele retorna ao equilíbrio. A inquietação vira calmaria. Um choque, por mais violento que seja, sempre perde o efeito com o tempo.

Hen se restabeleceu e permitiu a minha aproximação. A vida continuou como antes de termos recebido a notícia. Semana após semana, mês após mês. Voltamos ao nosso ritmo natural. Trabalhando, fazendo nossas refeições, dormindo. A vida encontra uma forma de se equilibrar. É isso o que desejamos como seres humanos: segurança, certeza, afirmação.

Foi o meu próprio ciclo interno particular, o meu mundo interior, que acabou drasticamente alterado, embora ninguém possa ver isso, nem mesmo Hen. A visita de Terrance durou menos de três horas no total, não se tratou de uma invasão extensa em termos de duração, mas, ainda assim, foi perturbadora e significativa.

Os dias transformam-se em semanas, transformam-se em meses. Um ano passa. Dois anos passam. Nós seguimos vivendo.

Penso na visita dele todo dia.

Nós raramente abordamos o assunto, Hen e eu. Quando falo sobre isso, ela quase sempre muda o rumo da conversa. Recebi a notícia de que estava na primeira lista e comecei a pensar no futuro e no que está por vir, no que pode ou não acontecer, em como seria em uma situação ou outra, ficar ou partir, os prós e contras de ambas. Também comecei a pensar no passado, no meu passado, no que veio antes, no que me trouxe aqui. Nas coisas importantes. Lembranças significativas, nas quais não pensava há muito tempo. Lembranças específicas retornam à minha mente em ondas. Comecei a me lembrar dos primeiros anos em que Hen e eu moramos aqui, como era a vida para nós na época.

    Eu não contaria nada disso a Hen, claro. Esse é o acordo que fiz comigo mesmo. Tente aguentar tudo sozinho, se puder. Proteja-a. Deixe que ela esqueça. Apenas seja você mesmo, como se nada tivesse mudado, como se tudo fosse exatamente como sempre foi. Mesmo que não seja. Esse é o meu dever para com ela. Não quero aborrecê-la ou preocupá-la. Foi isso que o surgimento de Terrance em nossas vidas fez. Sua breve visita deixou-a abalada. Tento fingir que tudo está igual a antes, como se tudo estivesse normal. Eu me comporto como se tudo estivesse bem.

Nós nos levantamos pela manhã. Saio e vou até o celeiro. Alimento as galinhas. Fico andando lá fora. Tomo banho. Nós tomamos café da manhã. Vamos trabalhar. Voltamos para jantar. Em algumas noites, Hen toca piano. Bebo uma cerveja, talvez duas. Conversamos sobre como foi o nosso dia, contamos qualquer ocorrência engraçada ou incomum. Fazemos as mesmas coisas no dia seguinte.

Apenas a visita breve e inócua de um estranho, foi tudo o que aconteceu. Por que o fato haveria de ter tamanho impacto, tamanha força? Decidi que não deveria, que não teria que ser assim. Não importa o que aconteça no futuro, nada em nosso relacionamento precisa ser afetado agora. Eu deveria voltar a me concentrar no presente. Nós somos um casal, como antes. É minha responsabilidade ser simplesmente eu mesmo, ser quem sempre fui, por amor a Hen.

Nada em nossa rotina foi alterado ou transformado. Mesmo assim, contra a minha própria vontade, me sinto mudando. Eu me sinto mudado.

A primeira vez que vi Hen foi de uma certa distância. É a lembrança mais vívida que tenho, a mais intensa, a lembrança que mais me ocorre nos dias de hoje. Venho pensando muito nisso desde a visita de Terrance, trazendo essa lembrança à mente vezes sem fim. Não havia mais ninguém por perto quando a vi. Éramos apenas nós dois. Ela me pareceu tão pequena. Foi a primeira coisa que notei. Parei o que estava fazendo e observei-a. Tirei da cabeça outros pensamentos. Eu queria começar de novo.

Era verão, o sol brilhava, então procurei uma sombra. Eu estava com sede, mas não tinha água comigo. Estava caminhando já há um tempo, horas e horas, e ainda tinha caminho pela frente. Nós éramos mais jovens na época, bem jovens, ela principalmente. A luz do dia já se afastava e o tempo estava úmido. O suficiente para nos fazer desacelerar, o suficiente para tornar difícil pensar. Ela vestia uma camiseta branca com as mangas cortadas. Seu cabelo estava preso num coque solto com mechas que caíam em volta do rosto.

Sentei-me no chão de terra, debaixo de uma árvore, com os cotovelos apoiados nas coxas.

Eu não a reconheci, o que me surpreendeu. No bom sentido. Quem era aquela garota? Eu queria saber. Precisava saber. Não era só o fato de que ela não me fosse familiar. Isso foi só em parte, mas não foi por esse motivo que sentei-me no chão e fiquei lá, debaixo daquela árvore, esperando, olhando para ela. Era por aquilo que eu estava esperando. Só por aquilo.

Acendi um cigarro. Tirei o cabelo de cima da testa, que estava úmida e suada. Inalei a fumaça. Lembro que depois deitei-me de costas. Fiquei assim por um tempo, olhando para as folhas e sombras, para os galhos e o céu acima da árvore. Fumando. Aquele momento todo se movia de uma vez e eu não estava concentrado em nenhuma parte específica. Ela estava além disso tudo. Mas estava lá. Eu não acenei.

Nós nem conversamos naquele dia. Não trocamos uma palavra. Não houve reconhecimento entre nós, mas senti uma conexão. Eu estava do outro lado da estrada. Estava sozinho. Pensei que estava sozinho. Até o instante em que a vi. Ela não teve a menor ideia do seu impacto. Estava alheia. Esse foi o poder que ela exerceu sobre mim. Mesmo naquela época.

Vê-la me fez questionar o que eu estava fazendo, o que eu queria, o que eu desejava, o que eu poderia fazer. Não apenas no momento, mas o que eu estava fazendo que me levou àquele ponto, por que eu estava lá, ao sol, com as mãos sujas e doloridas. Em toda a minha vida eu não consegui lembrar o nome de ninguém. Nada exerceu um impacto formativo sobre mim. Então pensei que isso poderia mudar. Se eu soubesse o nome dela, eu me lembraria dele. Foi isso o que ela fez, mesmo antes de nos conhecermos: ela mudou as coisas. Ali estava ela, preocupada, curvada, alheia, lavando as mãos em uma poça ao lado da estrada. Eu sabia que ela era a pessoa certa.

Eu fui feito para ela. Foi quando a vi, naquele exato momento, que a minha vida começou.

Há coisas destinadas a ser, destinadas a acontecer? Há certas coisas que não conseguimos explicar. Alguns chamam isso de destino. Talvez tenham razão. Talvez não tenhamos que saber mais do que isso. Talvez a órbita que habitamos seja preordenada. Não tenho problema em relação a isso, mesmo que não acredite nesse tipo de coisa. Você pode ter crenças e nem sempre acreditar nelas.

Mais tarde, comecei a pensar em todas as outras possibilidades que poderiam ter ocorrido, em como as coisas poderiam ter sido diferentes. Eu a teria visto em outra circunstância, em outro momento? Outro dia? O que aconteceu era inevitável? Você ouve isso o tempo todo: é o destino. Essa foi a primeira e única chance? Ou vai ou racha? Destino, ou apenas coincidência? Foi uma oportunidade única? Para eu vê-la, para notar a sua presença, para lembrar, relembrar?

A princípio, eu havia considerado seriamente a possibilidade de tomar outro caminho. Nem lembro por que estava naquele exato trecho da estrada. Eu não precisava estar. Nosso destino é o que parece. Nós encontramos um caminho juntos, do nosso jeito. Nós desenvolvemos e refinamos um relacionamento. Previsível, estável, seguro, normal, rotineiro, realista. Um dia acaba, outro começa. Vezes sem conta. É um ritmo reconfortante.

Não sou uma pessoa observadora. Vejo o que vejo e o resto não importa. Qual o sentido? Por que se preocupar em ficar sabendo de tudo que está acontecendo a sua volta, entupindo a mente com detalhes irrelevantes e excesso de informações? O que vai acontecer acontece independentemente disso. A consciência dos fatos está fora de questão.

Imagino o que Hen diria se eu lhe perguntasse sobre o dia em que nos conhecemos. Ela se lembraria dele? Não sei. Não tenho certeza se quero saber. Mas fico imaginando. Quase todos os nossos dias se confundem e não nos deixam com lembranças marcantes. Talvez um dia eu tenha coragem de perguntar a ela.

Ela ainda tem aquela camiseta branca de mangas cortadas que usava quando a vi pela primeira vez. Eu nunca revelei a ela o significado daquela camiseta para mim. Ela raramente a usa. Reparo sempre que ela o faz. Fico feliz que ela não a use com frequência, que fique guardada na gaveta. Quanto mais ela usa, mais tem que lavá-la, e quanto mais ela a lavar, mais gasta vai ficar. O tecido já está fininho e esgarçado. É uma bobagem, eu sei, mas não quero que ela use essa camiseta a toda hora. Eu quero que ela dure.

É no comecinho da noite desta vez, mas não há dúvida. Percebo de imediato. Aqueles mesmos faróis esverdeados distinguíveis e explícitos na luz fraca. Eu já os conheço. Lembro-me muito bem deles. Não há espera no final do caminho. O carro preto entra e continua subindo até a casa, sem uma pausa. Eu o vejo sair do carro, batendo na perna da calça para limpar alguma coisa.

Já faz mais de dois anos desde a primeira visita de Terrance, dois anos e alguns meses, mas ali está ele, de volta à nossa pacata fazenda. Do jeito como ele disse que poderia acontecer.

Daqui de onde estou, vejo que ele parece o mesmo. Magro. Delicado. O cabelo louro comprido. O terno. Sem gravata. Meias brancas. A pasta preta.

Batidas fortes na porta. *Toc toc toc toc toc.*

Não sei se Hen também ouviu. Vou até a porta e abro.

— Olá, Junior — diz ele, radiante. — É tão bom te ver.

Oi, digo.

Não há aperto de mãos. Ele põe a mão no meu ombro, meio que dando um tapinha, meio que apertando. Eu me afasto para que ele possa entrar. Agora vejo que envelheceu. Não drasticamente. Em pequenos detalhes. Seu rosto parece ainda mais magro do que antes, mais severo. Seus olhos, mais graves. Tem alguma coisa nele que lembra um roedor. Não apenas no seu rosto, mas no seu corpo, seus modos.

— Você parece bem — diz ele. — Faz um tempo. Como vai?

Tudo bem, digo. Não sei se Hen o ouviu chegar. Ela está lá em cima.

— Então ela está aqui?

Está, digo.

— Não há necessidade de chamá-la. Isso nos dará a chance de colocar o papo em dia.

Ficamos ali, meio sem jeito, parados na antessala.

— O que tem feito?

Trabalhado. Cuidado da casa. Da vida, digo. Estamos bem.

— Fico feliz em ouvir isso. Você está se sentindo bem?

Sim, estou. Não posso reclamar.

— Que bom — diz ele. — Muito bom. Encorajador. E como está nossa pequena Henrietta?

Seu uso casual de *nossa* e *pequena* em relação a Hen me faz estremecer por dentro. Como se ele a conhecesse. Ele não a conhece. Ele não nos conhece. Nós não somos seus amigos.

Ela está bem, digo, mantendo uma expressão neutra.

Não digo a ele como ela ficou transtornada depois da última visita. Como tornou-se reticente, de como me tratou durante semanas. Quanto tempo demorou para ela voltar ao normal. Claro, isso faz muito tempo, mas não quero que a mesma coisa aconteça desta vez. Não digo a ele que desenvolvi uma semente de animosidade em relação a ele por causa disso, pelo que ele fez com Hen, pelo que ela

passou por causa dele. Examino seu rosto novamente. Aqueles olhos pequenos. Aqueles lábios finos. Ele está contente demais por estar aqui, satisfeito demais, e seguro. Eu pouco me importo com isso. Há algo de dissimulado nele, um ar de sigilo.
— Então já faz muito tempo. Você tem pensado em mim? — pergunta, depois ri. — Desculpe, quero dizer que foi uma visita significativa da última vez, uma grande notícia. Às vezes até boas notícias podem nos alterar psicossomaticamente. Podem atrapalhar mentalmente as pessoas. Espero que as coisas tenham se mantido estabilizadas.

Não, penso, as coisas não ficaram estabilizadas, não por um tempo.

Nós temos coisas para fazer, digo. Temos uma vida para viver. Não podemos simplesmente nos sentar e nos preocupar com um futuro que pode nunca acontecer.

— Eu entendo — diz ele. — Que bom. Essa é a abordagem correta. Então você diria que ultimamente tudo tem transcorrido de forma normal para vocês? Você não está se sentindo ansioso? Nada fora do comum? Não há grandes conflitos ou problemas?

Hen!, grito por cima do meu ombro.

Decidi que ela deveria ouvir isso também.

Hen!, grito de novo, mais alto.

Ela não responde. Talvez já saiba. Talvez não queira descer e encarar aquele homem novamente. Talvez ela esteja lá nos ouvindo, temerosa. Ouço seus passos leves acima de nós.

— Sim? — diz ela, do alto da escada.

Venha cá, digo.

Ela desce as escadas devagar. Ao chegar, vê Terrance e oferece um pequeno cumprimento de cabeça.

— Prazer em vê-la novamente, Henrietta — diz ele.

— Olá, Terrance — responde.

Na mesma hora, sua voz parece cansada.

— Acabei de ouvir do Junior sobre o que vocês estão fazendo. Parece que as coisas estão... indo bem.

Ela vem para o meu lado, colocando os braços em volta de mim. É raro ela fazer isso, ser a primeira a tocar fisicamente. Fico tão surpreso que tenho que me controlar para não estremecer.

— É — diz ela. — Estamos bem.

— Vamos nos sentar? — diz ele. — Tenho novidades.

Não há necessidade de conduzi-lo desta vez. Terrance se lembra perfeitamente da casa. Nós três seguimos, com Terrance à frente, para a sala de estar. Sentamo-nos nos mesmos lugares que nos sentamos em sua primeira visita: Terrance no meio de sofá, Hen na cadeira de balanço, eu na poltrona reclinável, próximos um do outro, de frente para ele. Os anos se passaram, mas o que mudou? Muito pouco aqui, na casa. Está tudo a mesma coisa.

— Estou satisfeito e aliviado — diz ele. — Muito feliz, de verdade, que vocês dois estejam mantendo...

Fale logo, digo, cortando-o. Conte-nos as novidades. É por isso que você está aqui.

Hen está calma. Ela não reage à minha voz, nem sequer ergue os olhos.

Terrance sorri.

— Claro, claro. — Ele faz uma pausa e se apruma. — Junior está na segunda lista, foi selecionado.

Ele espera que a notícia seja assimilada. Quer que ela pareça natural, mas eu tenho certeza de que isso é parte do seu protocolo, que ele foi instruído a incluir essas pausas dramáticas quando compartilha uma notícia. Ele olha para mim com expectativa. Depois para Hen, com uma expressão diferente, que não consigo interpretar.

— Estou eufórico — diz ele. — Eu não poderia estar mais animado. Você deu outro passo significativo para ir ao espaço!

Hen e eu nos entreolhamos. Ela leva as mãos à cabeça, passando-as pelos cabelos. Não parece alarmada, mas esgotada.

— Então já é certo que ele irá? — pergunta ela.

— Não, não necessariamente — responde ele. — Mas ele está na segunda lista, então as chances de que isso aconteça são muito maiores.

Hen pousa sua mão na minha. Mais uma vez, um gesto incomum. Deve ser para agradar Terrance.

— Em que prazo isso deve acontecer? — pergunta.

— Não vamos botar a carroça na frente dos bois — diz Terrance.

— Não há nada garantido, mas o sonho dourado está mais próximo de tornar-se realidade.

Sonho de quem?, me pergunto.

Mas então isso na verdade não muda nada para nós, né?, digo. É como antes: ainda estamos no limbo.

— Isso. Eu sei que pode ser angustiante. Entendo. O futuro não é concreto de uma forma ou de outra, mas acho que estar na segunda lista muda muito as coisas — diz ele. — Nós progredimos na direção certa. Eu me sinto mal por aqueles que não conseguiram. Mas, continuando nosso assunto, nós... nós três temos que nos concentrar nos fatos, no que é real, não em hipóteses. Esta missão é de grande significado. Nós temos muito o que discutir. Esta minha visita será um pouco mais extensa do que a anterior. É normal, claro, ter perguntas. Nós chegaremos a elas.

Baixo a cabeça e esfrego os olhos, fechados. Sinto a mão de Hen apertar a minha perna.

— Gente, vamos lá! Isso é fantástico! — diz Terrance. — Temos um plano de seguir em frente com todos dessa lista. Posso assegurar--lhes, não estamos apenas inventando aos poucos.

Como não devemos pensar em hipóteses? Por que está dizendo isso?, pergunto. Quando existe apenas uma chance remota de isso acontecer. Nós não temos certeza de nada. Então, qual é o sentido?

Ele ergue as mãos, defensivamente, balançando a cabeça.

— Não, eu entendo. Entendo mesmo. Eu sei que esse tempo todo que passou entre agora e minha última visita deve ter parecido... incomum.

Ele dirige esta última palavra para Hen.

— Mas eu tenho uma pergunta para vocês — diz ele. — E é algo em que eu gostaria que vocês dois pensassem: vocês querem viver uma vida normal, banal e medíocre? Esta é realmente a ambição de vocês?

Hen se apruma na cadeira, ouvindo com mais atenção o que ele está dizendo.

— Vocês querem ser indistinguíveis de todos os outros? Ou querem fazer parte de algo especial e único? É disso que se trata, antes de qualquer outra coisa — diz ele. — A chance de serem uma versão melhor de si mesmos.

O foco mudou claramente para Hen. É como se de repente eu nem estivesse na sala.

— Você sabe fazer com que tudo soe bem, Terrance — diz Hen.

— *Uma versão melhor de si mesmos.*

Nós não pedimos nada disso, digo.

— Não, você tem razão, vocês não pediram. Vocês foram agraciados com uma rara oportunidade que, no momento, permanece não resolvida. Mas por que o desconhecido seria um fardo? Não precisa ser. Pode ser totalmente o oposto, uma espécie de despertar para se sentir alguma coisa. E não me refiro apenas à Instalação. Mesmo antes disso. Esta é uma oportunidade de saírem de sua rotina diária, semanal, mensal e anual, independentemente do resultado final. E volto a insistir... — Ele olha para Hen. Por que ele está se concentrando tanto nela? — Isso é para vocês dois. É uma chance de acordar. Quanta gente vive dia após dia numa espécie de névoa, passando de uma coisa a outra sem nunca sentir nada? A maioria das pessoas vive ocupada, sem nunca se deixarem envolver, sem ânimo, sem se renovarem. Nunca pensam em toda a gama de existência exequível, simplesmente não pensam nisso. Isso é uma coisa em que estamos trabalhando na OuterMore. Pode-se dizer que é a filosofia da empresa. Nossa fundamentação moral. É a ideia de que uma existência verdadeira e justa é sempre exequível, pode ser alcançada por qualquer um.

A existência é alcançável?, pergunto.

— A existência é alcançável! Sim, Junior. Você modela sua existência com suas decisões, percepções e comportamento. É a nossa filosofia corporativa na OuterMore. A atividade rotineira e confortável é o pior tipo de prisão, porque as grades estão ocultas. Ninguém consegue aprender nada assim. Queremos que as pessoas aprendam coisas, não apenas sobre novos ambientes, mas sobre si mesmas. Manter o *status quo* não é o que um ser humano moderno deve fazer. Isso é mais importante do que a Instalação. Entendem o que estou dizendo? É isso que eu estou oferecendo a vocês dois. Um despertar.

— É isso que eles mandam você dizer? — pergunta Hen. — Porque se for, você pode poupar o seu fôlego.

Sei que ela está falando sério. Hen não é relutante por natureza. Ela não está nada satisfeita.

— Ninguém me manda dizer nada. Saiba que eu estive pensando nisso tudo por muito mais tempo do que vocês. Eu gosto de você.

De vocês dois. Eu gosto mesmo. Quero que vocês dois se sintam no controle. Eu só acho que vocês estão encarando do jeito errado. Estou tentando ajudar. Este é o meu trabalho. Esta tem sido a minha vida há mais tempo do que vocês possam imaginar. Não é apenas um trabalho, mas uma obsessão, uma missão em que acredito de todo coração.

Mas isso não afeta você, não é?, digo. Não como a nós. Nós somos os únicos peixes no aquário.

Hen vira-se para mim, surpresa com o meu comentário, seu olhar procurando o meu.

— Não me afeta da mesma forma, não, claro que não. Mas é um risco... é uma parte tão importante da minha vida quanto é da de vocês. Isso irá definir toda a minha carreira. Vocês estão no aquário, sim. Mas eu também estou! Estamos juntos.

— O que acontece agora? — pergunta Hen. — Vamos saber mais alguma coisa hoje? Você tem mais a nos contar?

A tensão que senti durante a primeira visita de Terrance não existe mais, uma energia que permaneceu entranhada na casa por semanas. A linguagem corporal de Hen, com ombros curvados e tornozelos cruzados, parece-me desta vez como aceitação.

— Eu vou ter que falar com vocês dois longamente. Há uma série de passos que precisaremos seguir.

Passos? Que tipo de passos?, pergunto.

— Pense neles como entrevistas — diz Terrance. — Isso nos ajudará, e a vocês, na preparação para todos os possíveis resultados.

— Quando? — pergunta Hen.

— Começaremos amanhã — diz Terrance. — Eu não quero sobrecarregá-los hoje à noite. Terem recebido a boa notícia é suficiente para um dia. Só vou incomodá-la pedindo um copo d'água antes de sair, tudo bem?

Hen e eu nos entreolhamos. Ela se levanta e se retira da sala.

Depois que ela sai, Terrance tira a tela de dentro da pasta. Ele começa a fazer anotações, ou a digitar uma mensagem para alguém. Em seguida, ergue a tela, apontando-a para várias partes da sala.

Está tirando fotos. Tenho certeza de que é o que está fazendo.

— Não repare — diz ele. — Estou apenas coletando alguns dados. Não se preocupe. Tudo faz parte do processo. Você pode olhar para mim por um segundo?

Olho bem para a cara dele. Ele aponta a tela na minha direção. Clique.

Tudo acontece antes que eu possa interrompê-lo.

— Obrigado — diz ele. — Agora, antes de ela voltar, eu tenho algumas perguntas rápidas. Sabe como é, de homem pra homem. O que Hen lhe disse, Junior? Seja franco. É do nosso melhor interesse se você me contar a verdade.

O que ele quer dizer? Não tenho ideia do que está insinuando. Hen e eu não temos segredos.

O que Hen me disse? O que ela disse sobre o quê?, pergunto. O que você quer dizer com isso?

Antes que eu possa dizer qualquer outra coisa, Hen volta com o copo d'água, que coloca na frente dele.

— Ah, sim, ótimo — diz ele. — Obrigado, Henrietta. Eu me lembro de como essa água era boa e fresca da primeira vez em que estive aqui.

Ele bebe todo o copo, de uma só vez.

— Eu não consigo deixar de imaginar — diz ele, virando-se para mim. — Fico imaginando, Junior, se você já pensou em como era sua vida antes.

Antes do quê?, pergunto.

— Antes de Hen — diz ele.

A ntes de Hen. Antes de Hen. Difícil lembrar como era antes. Não que eu queira lembrar. O passado não importa mais. É o agora que importa, não o antes. Hen é o que importa. Ela é o meu foco, o meu tudo. Minha juventude não teve nada digno de nota ou de recordação. Todos nós ocupamos um distrito social e eu tive o meu lugar: medíocre, indistinguível, irrelevante. Eu era a personificação física da média numérica.

Eu sempre soube disso, mas só recentemente percebi que, sempre que penso no passado, tenho uma sensação intensificada de esquecimento. Não posso voltar atrás. Não posso. Não posso pensar naqueles tempos. Só posso ir em frente. Suportei a passagem dos dias solitários com indiferença. Hen mudou isso. Ela me deu um propósito. Uma razão de viver.

Eu me recuso a ser levado para o passado. Não preciso disso. Não tenho que me lembrar de nada só porque Terrance me pediu. Eu não sou seu animal de estimação, seu brinquedo. Não há nada que eu gostaria de lembrar ou refletir a respeito daquele tempo. Não temos tanto espaço assim na memória para armazenar nossas lembranças, e não há razão para eu desperdiçá-lo com o que já aconteceu. Eu não era o mesmo naquela época. Era outra pessoa, sem importância, uma versão menor do homem que me tornei desde então.

O desespero nunca se satisfaz sozinho. O desespero não quer ficar só. O desespero quer companhia. Mas eu não me desespero. Agora não. Não se estiver seguindo em frente.

Não há uma lembrança que se destaque naquela época, antes de Hen. Tudo se mistura em uma bruma nebulosa.

Suponho que, para alguém como eu, é mais fácil esquecer.

São as batidas fortes que ele dá na porta — *toc toc toc toc toc* — que nos acordam. Eu ouço primeiro, antes de Hen, e me sento na cama. A princípio, confuso. Depois as batidas tornam-se leves, suaves. Na noite anterior, Terrance nos deixou sentados na sala de estar. Nós nem sequer o levamos até a porta. Eu olho para Hen. Ela está de bruços, esparramada na cama. Estamos nus sob um fino lençol. Ela suspira e abre os olhos.

— Que horas são? — pergunta, o rosto ainda pousado no travesseiro.

Eu sempre achei Hen mais estonteante do que nunca nesses momentos, recém-saída do banho, sentada de barriga cheia à mesa depois do jantar, logo pela manhã com os cabelos despenteados e os olhos inchados. Penso nisso de novo esta manhã, enquanto a vejo acordar.

— Ainda está escuro — diz ela. — Merda. Ele nem nos deixa tomar café primeiro.

Outra batida suave na porta. Não há nada de agressivo ou urgente nesta última batida, não como nas primeiras. Seu toque mal se ouve.

É, mas só pode ser ele, digo. Ele disse que voltaria tão cedo?

— Acho que não. Mas sabe como é.

Ela se vira para cima e leva as mãos ao rosto, esfregando os olhos inchados.

Eu vou lá atender, digo.

Levanto-me, visto a cueca e a bermuda. Chego à porta da frente quando ele está batendo de novo.

— Eu te acordei? — pergunta ele.

Acordou. Que horas são?

— Cinco e meia — diz ele. — Temos muito o que fazer hoje. Eu avisei ontem.

Não me lembro de aviso nenhum. Ele nunca mencionou um horário específico. Não importa agora. Nós acordamos e ele está aqui.

Entre, digo.

Desta vez, eu o levo para a cozinha. Mostro-lhe onde se sentar e acendo a luz sobre a mesa. Este homem nos conhece bem, sabe coisas da nossa vida, mas até agora ele só viu a varanda da frente, o banheiro e a sala de estar.

Hen descerá em um minuto, digo. Café?

— Um pouco de água seria ótimo — diz ele.

Hen entra na cozinha enquanto estou enchendo o copo dele na pia. Ela está vestindo seus habituais short e regata preta. Ela passa atrás de mim na direção da cafeteira. Coloca o pó de café no filtro. Tosse algumas vezes, limpando a garganta.

— Bom dia — diz Terrance.

— Olá — diz ela.

Digo a eles que vou ao banheiro para lavar o rosto e escovar os dentes. Saio, dou alguns passos e fico parado no corredor, esperando ouvir o que eles dizem, sobre o que conversam. Surpreendentemente, eles não dizem nada um ao outro. Nada mesmo.

Quando volto para a cozinha, o café está passando pelo filtro e caindo na jarra. Hen está sentada à mesa com uma expressão vazia no rosto, uma caneca esperando na sua frente. Ela enrolou uma mecha de cabelos no dedo indicador.

— Na verdade, Junior — diz Terrance —, já comecei a conversar com Henrietta. Tudo bem se continuarmos? A sós? Depois podemos conversar.

Mas eles não estavam conversando. Eu teria ouvido se estivessem.

Você quer falar a sós com ela?, pergunto.

— Sim, é melhor.

Hen faz um gesto concordando, consentindo.

Tudo bem, digo. Vou tomar um café e depois saio.

Esperamos em silêncio que o café acabe de passar pelo filtro. Quando a máquina começa a chiar e a jarra está cheia, eu não faço nenhum movimento para sair. Eu me pergunto por que ele quer fazer isso separadamente.

— Vamos precisar de apenas quinze minutos — diz Terrance.

Encho minha caneca, a de Hen, e devolvo a jarra à cafeteira.

Estarei no celeiro, digo.

O dia em que nos casamos é um grande momento de reflexão para mim. Deve ser assim com todo casal. Hen e eu ficamos noivos três semanas e um dia depois da primeira vez que conversamos. Apenas poucos meses depois que eu a vi pela primeira vez. Nós nos casamos no outono, ao ar livre. É outra lembrança na qual tenho pensado muito. Fazia mais calor do que seria normal para aquela época do ano. Eu havia tirado o paletó e dobrado as mangas da camisa até acima dos cotovelos. Hen usava seu vestido favorito, de um algodão macio com listras verticais vermelhas que faziam-na parecer uma balinha de hortelã.

A cerimônia em si não durou mais de dez minutos. Dez minutos para Hen começar de novo. E eu também. Um novo começo juntos. Ela disse que poderia finalmente deixar seu passado para trás, para sempre. Eu já tinha feito isso. Foi mais fácil para mim.

Ficamos de mãos dadas. Eu não queria soltá-la. Nós nos beijamos quando nos disseram para fazê-lo e depois foi oficial. Éramos marido e mulher e ficaríamos juntos para sempre. Uma equipe de dois até que a morte nos separasse. Pela primeira vez, pude ver um futuro desejável, e isso não só me animou, como me confortou. O que era real e certo era o que eu queria, o que eu tinha, bem ali na minha frente.

Por um novo começo, disse a Hen. Uma nova vida.

Hen beijou-me novamente e me lembro de seus olhos se encherem de lágrimas. Lágrimas de felicidade e amor.

Eu os deixei lá dentro para que conversassem. Sobre o quê, não tenho muita certeza. Em geral, eu aproveito o meu tempo sozinho no nosso antigo celeiro. É verdade: não quero que Hen se sinta negligenciada, mas eu gosto da reclusão que sinto aqui, de como experimento o meu tempo sozinho. Hoje o que parece é que recebi uma ordem para ficar fora da casa.

No celeiro, divido o espaço somente com as galinhas, e elas não são insistentes. São fáceis de agradar. Cinco minutos, dez, trinta, ou até mesmo horas. Tudo parece o mesmo aqui no celeiro. Dou a elas um pouco de restos de comida, água e grãos, e elas ficam sempre felizes de me ver. Ou, se não ficam, pelo menos são imparciais. Eu nem me importo mais com o cheiro. Estou acostumado. Aqui fora, no celeiro, posso ser eu mesmo e, o mais importante, posso pensar.

Encho o comedouro delas com grãos. Fico vendo algumas galinhas ciscando por ali. Elas gostam de se espalhar e explorar cada centímetro do celeiro. Algumas vão direto para o comedouro. Outras o ignoram e continuam raspando o chão com suas garras, às vezes inclinando a cabeça de lado e olhando para mim. De vez em quando, elas descobrem um pequeno inseto e o devoram rapidamente.

Deixo o saco de grãos encostado na parede e vou até a única janela do celeiro. É minúscula e está coberta de sujeira e poeira. Há uma rachadura no canto superior esquerdo. Cuspo no vidro e esfrego para limpar, o que pouco adianta para melhorar a visibilidade. Daqui eu posso vigiar a casa. Posso ver o terreiro na frente do celeiro e o interior da cozinha da minha casa. Posso ver Terrance sentado à mesa. Onde está Hen? Talvez eles já tenham conversado e ela tenha saído. Ele não está falando. Uma galinha encosta na minha perna. Olho para baixo e a empurro delicadamente para o lado com o pé. Ela se afasta em direção às outras.

Quando volto a olhar para a casa, eu a vejo. Lá está ela. Está de pé agora. Ainda está na cozinha. Antes, ela estava fora do meu campo de visão. Ela está andando de um lado para o outro. Está falando com veemência, usando as mãos, gesticulando. Parece muito mais agitada do que o normal. Terrance está apenas sentado lá. Ele pode estar fazendo anotações em sua tela, eu não saberia dizer. Acho que eles estão discutindo. Eu conheço Hen. Conheço seus gestos e sua linguagem corporal. A discussão parece acalorada.

Isso me surpreende. Todas as vezes em que os vi juntos, Hen mal se dirigia a Terrance. Estou surpreso que se sinta tão à vontade falando com ele, um estranho, sendo do jeito que ela é. O que ela teria a dizer ao sujeito? Estava guardando tudo até o momento em que ficassem a sós? O que a deixou tão irritada? Ela está apontando para ele, para Terrance, um homem que viu apenas duas vezes. Um homem que mal conhece. Ele está fazendo sinal para ela se sentar. Ela não o faz. Mantém-se de pé, dizendo alguma coisa. Ela não desistiu.

Continuo observando, até que Hen se afasta e sai da cozinha. O que quer que a tenha aborrecido, seja lá o que estivessem conversando, foi intenso. Intenso e não resolvido.

De volta a casa, encontro Terrance sentado à mesa da cozinha. Está sozinho. Nenhum sinal de Hen.
— Chegou na hora certa, Junior — diz Terrance. — Hen e eu acabamos nossa conversa agora mesmo.
Tudo certo?, pergunto, embora eu saiba que não está. Eu vi. Não está tudo certo.
— Sim, claro. Por que pergunta?
Eu não digo a ele que estava olhando pela janelinha do celeiro, que eu podia ver a cozinha, que eu conheço Hen, que é minha função conhecê-la, captar seus sinais.
Do que vocês estavam falando?
Ele está fazendo alguma coisa na tela e não ergue os olhos para mim enquanto responde:
— Nós estávamos cobrindo alguns assuntos gerais, nada de mais.
É mesmo?, digo. Você conhece Hen?
— Eu a conheço, é claro, como conheço você, Junior — diz ele, baixando a tela e olhando para mim.

Como assim ele me conhece? Não me conhece bem. Não me conhece nada.

— Agora, venha até aqui só um segundo — diz ele, levantando-se. — Sente-se bem aqui, sim. Isso mesmo, obrigado. Você já fez um terno customizado? Vamos fazer de conta que é o que está acontecendo agora, OK? Relaxe. Você parece meio tenso.

Eu não estou tenso, digo. Não estou é acostumado com isso. O que você está fazendo?

Terrance está segurando a tela na minha direção.

— Tirando algumas medidas.

Tirando medidas? Para quê? Pensei que deveríamos estar conversando. Que você queria me conhecer melhor.

— É isso que estou fazendo. Nós podemos fazer as duas coisas. Posso tirar medidas e te conhecer melhor ao mesmo tempo. Isso é para o banco de dados. Agora que você está na segunda lista, precisamos coletar algumas informações.

Você fez isso com Hen?, pergunto.

— Não, não, isso é só para você. Hen e eu conversamos — diz casualmente. — Ela é realmente ótima. Você é um cara de sorte. Isso, apenas mantenha seu braço assim, bem aí.

Aquilo é incomum, desconfortável até, mas não vejo motivo para protestar. Preciso ser paciente. Pensar e esperar pelo momento certo.

— Como estão as coisas no trabalho?

Tudo bem, digo. As coisas não mudam muito por lá.

— Eu tenho a impressão de que esta região está passando por um declínio. Não quero dizer isso como um insulto, apenas constato uma realidade. Eu sei o quanto a cidade cresceu nas últimas décadas, à custa das áreas rurais e das cidades pequenas. Muitas pessoas na cidade esquecem que ainda tem uma população vivendo por toda esta região aqui.

É, bem, muita gente se mudou com o passar dos anos. Não sobraram muitas pessoas. É difícil morar por aqui. Não temos tantos empregos assim. O isolamento pode afetar as pessoas. Algumas pessoas.

— E ainda assim vocês dois ficam aqui. Você e Hen. Isso é por opção? Nada é forçado, se é isso que você quer dizer, digo. É o que sabemos fazer. Nós temos tudo de que precisamos aqui. Hen está feliz com o que conhece. Ela não gostaria de ir viver em outro lugar.

— Vocês são afortunados, então.

Concordo com um gesto de cabeça.

— Mesmo assim, você se sente como se estivesse fazendo uma escolha, não é? Que foi você que escolheu ficar vivendo aqui com Hen?

Eu não sei aonde ele quer chegar. Que tipo de pergunta é essa? Mais uma vez, balanço a cabeça.

— Isso é importante. Tudo tem relação com o que estamos trabalhando na OuterMore. Eu acho que as pessoas não percebem isso. Elas acham que somos motivados apenas pelo dinheiro e pelo lucro. Mas o nosso interesse de fato é pelas pessoas, pela comunidade, pelo progresso e o livre-arbítrio. Esta é a nossa obsessão, saber como as pessoas são capazes de se adaptar e coexistir de maneira saudável.

Mas as empresas têm na verdade uma obsessão por dinheiro, digo. Elas precisam ter.

— Não, não necessariamente. Tem a ver com movimento. Com capacidade de adaptação. Com o progresso e a ampliação dos limites da possibilidade humana. É importante lembrar que o contrário também é possível. O potencial humano também pode diminuir e regredir.

Isso é bonito de se falar, mas não acredito muito nessa história, digo. Eu vejo isso no meu trabalho. Tudo que acontece, de uma forma ou de outra, tem a ver com dinheiro.

— A intenção importa *mesmo* — diz ele. — Agora incline a cabeça um pouco para trás. Isso.

Ele se move atrás de mim.

O que você está fazendo? Isso é parte da entrevista?

— Não a parte formal, mas é, sim. Enquanto conversamos, o computador aqui está coletando dados. Por exemplo, quanto CO_2 você exala. Com que frequência você corta o cabelo?

Quantas vezes corto o cabelo? Umas poucas vezes por ano.

— Aonde você vai?

Aonde eu vou? Você quer dizer quem corta o meu cabelo? Eu mesmo corto. Ou Hen faz para mim. Onde está Hen? O que ela está fazendo? Ela está chateada com alguma coisa?

Posso sentir a tela dele fazendo contato comigo, tocando a minha nuca abaixo da linha do cabelo. Está quente, quente demais até.

— Desculpe — diz ele. — Isso vai demorar um pouco.

Quantos outros houve?

— Como assim? O que quer dizer?

Com quantos outros você já se encontrou? Tipo, entrou em suas casas e coletou dados.

— Infelizmente, não tenho permissão para falar sobre outras pessoas. É proibido. E por um bom motivo. Eu também não me sentiria confortável em contar a alguém sobre você. É uma questão de privacidade, tenho certeza de que você pode entender isso. Você e Hen já moraram em outro lugar?

Eu odeio essa pergunta. Me incomoda.

Só moramos aqui nesta casa, respondo.

— Não é sossegado demais para você? Para ela?

Não, digo. Eu te disse que gostamos do silêncio, da solidão.

— Você nunca se sente sozinho?

Reflito sobre a pergunta.

Não, digo. Eu não sou do tipo que se sente sozinho.

Eu o ouço digitar alguma coisa na tela.

— Tudo bem, mas se você for selecionado, será diferente. Você estará convivendo com outros. Em espaços limitados, mesmo que por um tempo. Isso pode ser complicado para você. Mas pelo menos todos os alojamentos são climatizados.

Mas não tenho escolha, tenho? Como agora, por exemplo, sentado aqui enquanto você tira as minhas medidas. Não há nada que eu possa fazer a respeito. É o que é.

A tela move-se lentamente do meu pescoço para a nuca. Eu posso ouvi-la e senti-la processando. Terrance caminha na minha frente. Ele está sendo cuidadoso, minucioso.

— Você pode levantar os pés?

Meus pés?

— Isso, levará apenas um segundo.

Assim?

Eu tiro os pés do chão.

Eu não tenho escolha, tenho?, digo.

— Na verdade, se você pudesse, por favor, manter as pernas retas, eu conseguiria uma melhor leitura. Aqui, descanse nisso.

Apoio os pés na cadeira que ele arrastou para colocar na posição. Isso parece um exagero, digo. Não entendo.

— Perfeito.

Por que isso?

— Para tirar as medidas de suas solas.

Por que você precisa medir a sola dos pés?

— Protocolo. Nada é insignificante. Tudo faz parte do processo.

Eu me pergunto como seria se você estivesse no meu lugar, digo. Ele interrompe o que está fazendo e me olha.

— Eu entendo a sua posição, Junior. Entendo mesmo. É meio demais para assimilar. Não é o ideal, mas também poderia ser muito pior.

Para você, falar é fácil.

— Não, poderia ser pior mesmo. Pense se acabássemos aparecendo aqui com uma van, te amarrássemos, te jogássemos na traseira e o levássemos embora.

Eu não digo nada porque não sei como responder. Ele dá um passo para trás e sorri.

— Nós não faríamos isso. Mas, veja bem, só estou tentando te dar uma perspectiva.

Na verdade, não há perspectiva nenhuma, digo, sentindo minha intranquilidade aumentar. Não é uma opção. No momento, não. Isso só acontece depois. Posso pôr os pés no chão?

— Pode, já acabamos. Obrigado. Eu gostaria de continuar a conversa agora, se for conveniente para você.

Eu não quero, agora não. Prefiro ficar um tempo sozinho, preciso de um tempo para falar com Hen.

Vou tomar mais um café, digo.

— Tudo bem, tudo bem. Faça como você quiser, como num dia normal seu.

Encho minha caneca e me sento à mesa. Terrance se senta em frente a mim. Ele apoia a tela entre nós, descansa os cotovelos na mesa, junta as mãos, esfregando-as.

— Então... a sua casa. Me fale dela. Como era quando você se mudou para cá?

Quando nós viemos morar aqui?

— Isso.

Não era grande coisa. Nós sabíamos disso. Sabíamos que seria muito trabalhoso torná-la habitável. Não importava. Você viu como é agora, mas estava em condições muito piores. Nós limpamos e pintamos.

— Você é bom nesse tipo de trabalho? Restaurar, consertar, construir?

Sim, sei fazer tudo isso. Fiz muito disso. Ainda não está acabada. Está em curso constante.

— Vocês se mudaram imediatamente?

Depois que nos casamos, sim.

— Estava vazia?

Em grande parte, sim. Nós ainda encontramos uma coisa e outra de vez em quando, no porão e no sótão.

Que pergunta estranha. A maioria das casas para onde as pessoas mudam não está vazia? Como ele sabia que a nossa não estava?

— Numa casa antiga como esta, tenho certeza de que há sempre surpresas. O que você se lembra daquela época? Quando vocês chegaram para morar aqui.

Eu lembro que estávamos felizes, digo. Felizes por ter a nossa própria casa.

— Você consegue se lembrar de algo específico, como um detalhe, ou é mais uma sensação o que você lembra?

Qualquer pessoa pode se lembrar de detalhes se você perguntar, digo, mas isto não significa que *realmente aconteceu* daquela maneira.

Espero que ele faça contato visual, o que ele faz.

— Bem pensado, Junior — diz ele. — Você tem razão.

Depois que Terrance e eu acabamos de conversar, ele me segue até lá fora como um cachorrinho enquanto faço minhas tarefas rotineiras. Ele reitera que devo me comportar normalmente, "conforme o meu costume". Ele só quer ficar ali assistindo. Mas como posso me comportar conforme o meu costume quando um desconhecido está na minha casa, me observando, vigiando cada movimento meu e fazendo anotações?

Eu tento mesmo assim. Ajo normalmente. Corto a grama que tenho para cortar, arranco o mato que tenho para arrancar. Ele assiste à minha rotina banal com curiosidade e interesse genuínos. Ele faz uma ligação pela tela e afasta-se da casa, descendo um pouco pelo caminho, para conversar em particular. No final do dia, estamos na varanda, Hen e eu, quando ele entra no carro para ir embora. Diz para não nos preocuparmos, que em breve fará contato conosco.

— Espero que seja com boas notícias — diz ele.

Ele tirou tantas fotos, tirou tantas medidas e fez tantas anotações, mas nada foi de fato explicado. É uma sensação estranha saber que você pode estar saindo numa viagem por muito tempo para ir a um lugar quase incompreensível.

Na verdade, o que não sai da minha cabeça é a misteriosa interação dele com Hen, o que vi pela janela do celeiro. Nenhum deles mencionou aquela conversa para mim. Ambos presumem que não percebi nada.

Hen faz um ensopado para o jantar. Eu a ouço cortando a cebola e tostando a carne. Nós comemos do lado de fora.

Em vez de alívio, há uma sensação de vazio desde que Terrance partiu, como se o estreito laço que nos unia tivesse sido esticado e não nos mantivesse mais juntos. Eu queria que tudo fosse como antes de ele aparecer, mas quando passo um naco de carne no molho, percebo que isso será impossível. Já passamos desse ponto. Eu não estou com fome. Ele foi embora, mas posso sentir sua presença, seu olhar, como se ele ainda estivesse aqui me observando. Hen, como eu, mal tocou na comida.

O que você achou disso tudo?, pergunto.

Ela não responde. Fica misturando no prato uns cubinhos de cenoura cozida com o molho.

Hen?

— Quê? O que foi?

Você não vai dizer nada? Se está chateada, pode me dizer. Eu não sei por que você estaria, mas nós podemos conversar sobre isso.

— Eu não estou chateada. Só estou sentada aqui, em silêncio. Isso não significa que estou chateada. Ficar quieta pode significar muitas coisas. Agora, por exemplo, significa que estou pensando.

Mas você não acha que...

— Não podemos apenas jantar sem termos de dissecar tudo? Sem tantas perguntas?

Você acha mesmo isso uma boa ideia?

— Às vezes eu acho que só conseguimos entender o que está acontecendo na nossa frente nestes momentos de silêncio. Não consigo esquecer como as coisas costumavam ser, mesmo que tudo esteja diferente agora. Nem sempre foi fácil para nós, será que você não é capaz de reconhecer isso?

Ela se levanta, pega o prato e entra na casa.

Três noites intranquilas se passaram e ainda estou obcecado com a visita de Terrance. Estou pensando na visita, pensando nele, pensando demais. Só o que tenho que fazer é tirar isso da minha cabeça. Esquecer Terrance, esquecer a OuterMore, esquecer a Instalação. A mente é que domina a matéria. Por enquanto, está funcionando. Estou melhorando e conseguindo desviar minha atenção para outras coisas. Acho que Hen não está tendo a mesma sorte. Mais tarde ela se desculpou por ter se retirado do jantar bufando de irritação, mas senti que seu pedido de desculpa não foi totalmente sincero. Mesmo assim, eu disse que estava tudo bem. Hen tem dificuldade de controlar suas emoções. Tentei perguntar-lhe sobre isso, mas ela me deu uma resposta monossilábica e mudou de assunto.

É por isso que me preocupo com Hen, e não comigo. Assegurei a ela que não estou aborrecido. Eu tento ajudá-la, faço tudo o que posso para aliviar o seu desassossego.

Tenho notado que está diferente desde a última visita de Terrance. Por detalhes sutis. Ela não parece mais a mesma. Algo está errado. Ontem à noite entrei em nosso quarto antes de dormir e a vi parada na janela. Ela não me ouviu chegar, não sabia que eu estava ali. Ela não estava fazendo nada. De costas para mim, apenas olhava lá para fora, a mão apoiada no batente da janela. Devemos ter ficado assim — eu olhando para ela, ela olhando pela janela — por mais de um minuto antes de eu dar outro passo, que ela ouviu porque o piso de tábua rangeu e ela se virou.

Ela aproximou-se de mim devagar, pegou a minha mão e me levou para a cama. Tirou minha roupa e pôs-se em cima de mim. Fizemos sexo. Não durou muito tempo. Quando acabou, ela saiu de cima de mim e foi para o seu lado da cama sem dizer uma palavra. Sem se cobrir com o lençol. Adormeceu. Eu não consegui. Fiquei acordado.

Boas notícias para alguém muitas vezes podem significar más notícias para outra pessoa. Eu me pergunto se as outras pessoas da segunda lista estão passando pela mesma inquietação doméstica que nós, um abalo sísmico da rotina. Seriam quantas pessoas mais? Onde moram? Tem tanta coisa que Terrance não nos contou. Eu tinha tantas perguntas a fazer, perguntas que eu havia preparado durante dois longos anos, mas quando o vi na minha frente, me deu um branco.

Se Hen está preocupada com a minha partida, eu entendo. Eu entenderia melhor se ela verbalizasse isso. Eu só quero que ela seja sincera comigo. Aberta. Que fale, que converse para explicar como se sente, porque eu não sou bom nisso. Eu não posso adivinhar. Precisamos fazer isso juntos, para superarmos tudo juntos, não separadamente.

Eu sei que ela é quieta por natureza, reservada, discreta. Mas se ela conversasse comigo, se se abrisse, eu poderia ajudá-la. Tenho certeza.

É só por causa de Hen que temos uma casa. Dou a ela todo o crédito. Foi ela que descobriu esse lugar. Costumávamos conversar mais quando tudo ainda era novidade entre nós. Quando ainda estávamos ansiosos para aprender um sobre o outro. Houve uma época assim, uma época em que falávamos, escutávamos e aprendíamos um sobre o outro — interagindo, observando, experimentando. Isso leva tempo. Eu tenho tentado me lembrar desses momentos do passado, refletir sobre eles, me concentrar neles.

Foi Hen que me convenceu a aceitar o emprego na fábrica de rações e eu ainda estou trabalhando lá todos esses anos depois. Lembro bem como foi. Ela não me disse para trabalhar lá. Nós conversamos sobre o assunto pouco tempo depois de ficarmos juntos. Se ela tivesse me pedido para fazer isso, para aceitar o emprego, talvez eu não tivesse aceitado, quem sabe. Um pedido desse poderia ter me afastado da ideia. Eu disse a ela como conheci o sr. Flowers, o dono da fábrica, e como ele me ofereceu o emprego. Discutimos se era o momento certo e se era o trabalho certo para mim.

— Parece muito bom. É um emprego fixo, um trabalho físico, e a fábrica não vai sair daqui para outro lugar. O salário é bom. Não parece haver muitos pontos negativos.

Estávamos deitados na grama, na sombra, onde estava mais fresco.

É, respondi.

Nós dois estávamos deitados de costas, mãos atrás da cabeça, olhando para cima, apenas nossos pés se tocando.

Conversávamos sobre muitos assuntos diferentes, mas quase sempre sobre o futuro que tínhamos pela frente. Preferíamos o que ainda não havia acontecido ao que aconteceu.

— Você precisa trabalhar. Mas as pessoas precisam decidir por si mesmas — disse ela. — Quando não é assim, as coisas nem sempre acabam bem. Precisa ser uma escolha sua, não minha.

É assim que costumávamos conversar. Fosse o que fosse. Abertos. Interessados. Solidários.

O que você faria se fosse eu?, perguntei a ela.

— Eu aceitaria o emprego. É um salário justo por um trabalho honesto. É uma boa experiência. Mas não importa o que eu faria. Não sou eu que vou trabalhar. Tente responder uma coisa: o que você quer?

O que eu quero de quê?, perguntei.

— Eu vou repetir. Pense nisso: o que você quer?

Foi quando eu a beijei. Ela fechou os olhos quando fiz isso. Eu ainda me lembro dessa imagem sempre que quero, fico repetindo-a em minha mente, sem parar. Este é um detalhe que eu poderia contar a Terrance. Se eu quisesse. Mas não quero.

Devo à minha mulher o que tenho agora: meu emprego, minha casa, minha vida. Tudo isso. Sou quem eu sou por causa de Hen. Tenho que manter isso em mente. Não posso nunca me esquecer disso. Ela pode ser errática às vezes, frustrante, imprevisível e, mais recentemente, distante e reservada. Mas ela me apoiou em tudo. É para isso que serve um relacionamento: apoio mútuo e aceitação. Ninguém me entende desse jeito, só ela. Isso significa alguma coisa. Para mim, significa tudo.

Outra noite sem dormir. Pelo menos para mim. Suponho que seja compreensível. Hen já está acordada quando abro os olhos. Ela está do seu lado da cama, olhando para mim. Já faz mais de uma semana desde a última vez que vimos Terrance.

— Deve estar mais quente do que ontem — diz ela. — Isso te incomoda? Você acha que isso afeta seu sono ou como você se sente?

Você quer dizer o calor?, pergunto.

— Isso.

Eu me viro e me levanto da cama. Faço um alongamento, tusso duas vezes e limpo a garganta. Fico feliz que ela esteja falando, fazendo perguntas. É animador. Parece como nos velhos tempos.

Eu acho que sim, digo. Sinto a mesma coisa que você, mas também estou acostumado com isso. Está sempre quente por aqui. Então não me incomoda muito. Quanto mais a gente pensa nisso, pior fica.

— Você gosta daqui?

Eu me volto para ela. Ela ainda está olhando para mim.

Claro. Aqui é a minha casa.

— Eu sei, eu sei. Mas você se sente *feliz* aqui?

Por que pergunta, Hen? Sim, estou feliz aqui. Você está?

— Junior, você faria qualquer coisa por mim?

O quê?, pergunto.

Se algum dia não chegou a tê-la, o certo é que agora ela conta definitivamente com toda a minha atenção.

— As pessoas realmente chegam a se perguntar por que se casam? O que eu significo para você? Para nós. O que eu sou para você?

Você é minha mulher. Nós temos uma vida juntos. Acho que não estou entendendo essa sua pergunta.

— Conte-me sobre o dia do nosso casamento.

Essa pergunta. Essa pergunta, de tudo o que ela poderia ter perguntado, ela pergunta logo isso. O que me deixa à vontade. É como uma válvula de escape. Eu sei como responder a isso. A lembrança é tão clara.

Foi um dia ótimo, digo, me sentando na cama. Penso nele frequentemente. Eu poderia te contar tudo sobre ele.

Hen não faz nenhum comentário a respeito do que acabei de dizer. Em vez disso, olha para mim. Sou eu quem quebra o contato visual.

— Posso falar com você sobre qualquer coisa? — pergunta ela.

Sim, claro que pode.

Hen nunca foi muito falante, mas acho melhor encorajá-la se ela estiver com essa disposição, especialmente diante das circunstâncias.

É sobre a OuterMore e minha partida, digo. Não é?

— Não, não é — diz ela. — Eu não quero falar sobre isso. É sobre o nosso relacionamento.

Eu acho que o nosso relacionamento é maravilhoso, digo.

— Não — diz ela, tocando o meu braço. — Eu só quero conversar, OK? Eu não estou lhe pedindo respostas ou soluções para nada. Só preciso conversar e contar a você o que estou sentindo.

INTRUSO

Eu não creio que essa seja a melhor maneira de ter uma discussão, mas concordo mesmo assim. Se ela acha que vai ajudar, eu deveria deixá-la tentar.

— Estamos casados há sete anos. Não é muito tempo, mas parece que sim. Eu sei que tem sido diferente desde que Terrance apareceu há dois anos, mas andei pensando mais em como éramos antes de ele aparecer aqui. Não é que algo drástico ou dramático tenha acontecido entre nós. Você nunca me agrediu fisicamente, você nunca me traiu. O que quero dizer é que isso não é uma acusação especial contra você ou algo que você fez. Estou pensando em nós e em como interagimos e vivemos aqui sem ninguém por perto. Eu me pergunto às vezes sobre a cidade e em como seria lá. Eu nunca estive em outro lugar. Essa ideia me assusta e me fascina ao mesmo tempo, e eu sei que você jamais iria para a cidade. Eu nunca comentei nada com você antes, porque é difícil trazer essas coisas à tona. Mas, sinceramente, é bom poder falar sobre isso.

Ela ficou olhando para as mãos enquanto dizia essas palavras, conversando com elas, mas agora ela volta seu olhar para mim.

Acho que você detestaria a cidade, Hen, digo. É agitada, suja e tem gente demais por todo lado. Aqui é o que você conhece. É compreensível pensar de vez em quando nisso. Tudo bem, mas a longo prazo? Você odiaria. Aqui é o seu lugar. Aqui é a sua casa.

. Ela espera antes de responder. Sua expressão não revela nada.

— Em que você pensa mais, Junior? No passado ou no futuro?

Tenho que refletir sobre a pergunta antes de poder responder. A resposta, creio eu, é que penso mais no futuro, mas não sei se é isso o que ela quer ouvir.

Ela suspira.

— Tudo bem. Desculpe — diz. — Eu não quero desabafar ou esquentar sua cabeça com perguntas como esta logo de manhã cedo.

Não, tudo bem, digo. Não se desculpe. Você não precisa se desculpar. Você pode falar comigo sempre que quiser e precisar. Eu quero que faça isso.

Ela sorri para mim. É a primeira vez em um bom tempo que sorri calorosamente para algo que eu digo.

— Se você acha que eu tenho me mostrado distante ultimamente, não é o que estou tentando fazer. Não é por culpa sua. É só que esse é um momento estranho para mim. Estou fazendo o melhor que posso. Eu realmente estou.

Eu sei que está.

— Eu não tinha ideia do que esperar disso. Como poderia? Isso tudo é maior do que nós. — Ela olha para mim de novo. — Quem sabe quando vamos ver Terrance de novo? Mas quando virmos, apenas...

Apenas o quê?, pergunto.

— Nada. Eu não deveria... eu não deveria... eu não *preciso* dizer nada. Terrance é inofensivo, isso é tudo. Eu queria que você soubesse disso.

Como você sabe? Como sabe que ele é inofensivo?

— É óbvio para mim. Esqueça isso. Essa conversa deveria ser sobre nós, sobre o nosso relacionamento. E tivemos nossa dose de problemas, mas quero que saiba que estou tentando.

Eu não sei como responder. Ela está sendo mais aberta e franca do que foi nas últimas semanas, talvez até nos últimos anos. Vou até a janela e toco em seu ombro quando passo. Parece que está tudo calmo no celeiro. É bom estar acordado tão cedo.

Vou preparar o café, digo, saindo do quarto.

Ela não responde.

Depois de fazer o café, grito para Hen para saber se ela quer mais alguma coisa enquanto eu estiver aqui. Espero, mas, novamente, ela não responde. É possível que tenha voltado para a cama e adormecido.

INTRUSO

Coloco duas fatias de pão na torradeira. Hen gosta de café puro e torrada seca. Nem mesmo passa manteiga. Ela gosta de comer frio também.

Levo a torrada e uma caneca de café até o andar de cima. Aqui, digo, voltando para o quarto. Vou deixar aqui. Para quando você quiser tomar.

— Obrigada — diz ela.

Saio do quarto e sigo pelo corredor até o banheiro. Abro a torneira. Eu não precisava levar o café da manhã dela na cama. Foi uma gentileza da minha parte. Um gesto atencioso. Estou jogando água fria no rosto quando a ouço gritar:

— Junior!

O que foi?, grito.

Corro para o quarto. Ela está de pé na janela. O prato com a torrada sobre a cômoda, intocado.

— Olha — diz ela.

Eu não preciso olhar para saber. Ele está lá fora. Ele voltou.

— Ele não deveria estar de volta ainda, não tão cedo — diz ela, como se falasse consigo mesma.

Ela veste rapidamente uma blusa e nós descemos juntos, eu atrás dela. Esperamos na porta. Olho para o chão. Ouvimos a porta do carro fechar, os passos dele subindo os degraus da varanda. Esperamos pelas batidas.

Toc toc toc toc toc.

Terrance, em seu terno, está sorrindo quando Hen abre a porta. Está com sua pasta, mas traz também uma mala grande de rodinhas. Ele nunca apareceu com isso antes aqui. Passa um pequeno lenço de bolinhas na testa.

Diga aí, falo. Conte-nos por que você está aqui.

— Você foi selecionado, Junior. Você foi escolhido. Você vai partir. Você fará parte da Instalação.

Estamos de volta à sala de estar. Terrance pegou a sua tela, mas não está digitando — ele está gravando. Hen, ali sentada, olha para as próprias mãos. Uma postura que já me é familiar, embora temida. Minha frequência cardíaca aumentou, isso é certo.

Você precisa gravar isso?, pergunto.

— Infelizmente, sim. É a política da empresa.

Eu não sei o que você quer ouvir de mim, digo. Não posso dizer que estava esperando por esse resultado.

— O nosso objetivo principal não é escolher as pessoas mais propensas a aceitar ou as que mais desejam ir. Não é assim o processo de seleção. Tem que ser aleatório. Como poderíamos decidir entre uma pessoa com um filho e outra pessoa, digamos, com um pai idoso que necessita de cuidados? A pessoa selecionada precisa ter a garantia de que qualquer pessoa que tenha ficado em casa estará bem assistida.

Eu não entendo. Não vejo por que não seria melhor enviar as pessoas que querem ir, digo.

— Junior, por favor, nós já conversamos sobre isso. Você tem que confiar em nós. Haveria muitos voluntários. Para obtermos a melhor compreensão dos efeitos da vida no espaço, precisamos que o grupo seja tão aleatório quanto possível. Não é realista supor que na próxima leva, quando os deslocamentos forem constantes, todo mundo vá querer ir. As pessoas não voltariam. Isso tem a ver com pesquisa e compreensão. Você sabe alguma coisa sobre o recrutamento no tempo das antigas guerras? Se você era convocado, você tinha que ir. E era para a guerra. Não para participar de algo positivo, algo surpreendente e avançado como a nossa iniciativa.

Isso é loucura, digo. Não me parece certo.

Sinto que eles deveriam estar enviando outros, outra pessoa. Por que é sempre Terrance que vem aqui sozinho?

Ele desvia o olhar de mim.

— Como está se sentindo, Henrietta?

— Bem — diz ela, erguendo a cabeça pela primeira vez, fixando o olhar nele. — Tudo bem.

— Você não parece muito surpresa com a notícia.

Há uma frieza inalterada na voz dele, uma calma. Eu não gosto disso.

— Você está certo, Terrance, eu não estou muito surpresa.

— Isso vai ser bom. Você verá. Estou tão feliz por você, por vocês dois. Vocês farão parte da história. Se tiverem alguma dúvida, qualquer coisa, eu posso ficar aqui e respondê-las, o quanto for necessário. Mas vocês também podem sentir vontade de ficar sozinhos para assimilar a notícia. Então, se não há nada que queiram saber agora, vou deixar vocês por enquanto. Mas eu voltarei.

— O que tem na mala? — pergunta Hen rapidamente. — Você nunca apareceu aqui com isso antes.

Vejo agora como ela parece cansada. Seus olhos estão pesados, com olheiras.

— Bem, como eu disse, estou de saída. Mas eu voltarei para ficar. Aqui?, pergunto.

— Sim. Eu sei que pode parecer uma imposição, mas, dada a nossa situação, é absolutamente necessário. Se vocês lembram bem, em minha primeira visita, isso estava explicado na documentação, o fato de que eu voltaria para ficar temporariamente estabelecido aqui se Junior fosse selecionado.

— Eu não me lembro disso — diz Hen. — Não, tenho certeza de que isso nunca foi discutido ou mencionado em nenhum momento. Por que você tem que ficar aqui?

Eu não me lembro de nada disso também, digo.

— O que é bastante comum — diz ele. — Sempre há muito o que fazer na primeira visita. É difícil lembrar todos os detalhes quando recebemos uma boa notícia.

— Por que você precisa ficar aqui, Terrance? — insiste Hen.

— Porque preciso, Henrietta — responde ele bruscamente. Em seguida, reajusta a voz ao seu timbre normal e abertamente amigável: — Vamos ser como abelhinhas bem ocupadas, trabalhando juntas, então preciso que vocês trabalhem comigo. Eu voltarei. Mas primeiro eu acho que vocês dois devem ficar sozinhos por alguns dias. Acho que deveriam comemorar! Não há mais preocupações ou dúvidas sobre o que o futuro lhes reserva. É oficial! Vocês farão parte de algo muito importante e de um alcance extraordinário. É real. Está acontecendo.

O que você está fazendo?, pergunto. Eu sei que tudo isso é estressante, mas você está há mais de uma hora dando voltas pelo quarto.

Depois que Terrance foi embora, Hen subiu para o quarto no final do corredor, o quarto de hóspedes. Fiquei na sala de estar, ouvindo-a se movimentar pra lá e pra cá, até que decidi subir e ver o que estava acontecendo.

— Estou tentando dar um jeito nisso aqui, tirar essas coisas daqui. Estou pensando que quase tudo deve ser jogado fora. Detesto essa bagunça. É tudo lixo. Isso acaba comigo. Como juntamos tanta tranqueira? Não é como se morássemos aqui há vinte anos. Mas temos vinte anos de lixo e bagagem.

Nem tudo é lixo, Hen.

— A maior parte — diz ela.

É tão importante assim limpar este quarto agora?, digo. Eu estava esperando para falar com você, para saber como você se sente.

— Você estava esperando para falar comigo sobre como eu me sinto? Mesmo?

Sim. Por que a surpresa?

— Porque não é o seu estilo — diz ela.

Bem, considerando a situação, há muito a discutir.

— Sim e não — diz ela. — Estamos nessa agora. Não é conversando sobre o assunto que vamos mudar alguma coisa.

Hen, digo, dando mais um passo em direção a ela, estou preocupado com você.

Sua expressão muda, se suaviza um pouco.

— Com o que você está preocupado?

Eu me preocupo em deixar você aqui sozinha, no que você fará enquanto eu estiver fora.

Eu não digo a ela tudo o que na verdade me preocupa. Em como estou preocupado com o que a minha partida significará para nós. Que é muito tempo para se ficar longe. Que nossa casa é tudo que eu já conheci.

— Seu rosto — diz ela. — Está vermelho.

Eu estou tentando te dizer, digo. Eu não me sinto bem com essa história.

— Você não tem nada com o que se preocupar. Confie em mim.

Eu não te entendo. Você age como se tudo o que está acontecendo não fosse grande coisa, como se recebêssemos esse tipo de notícia todos os dias. Estou indo embora! Você não é capaz de entender isso?

Agora eu posso *sentir* o meu rosto corar. Posso sentir o coração martelando e meu sangue sendo bombeado e circulando. É uma sensação desagradável. O primeiro impulso dela foi vir para cá, longe de mim, neste momento, e começar a examinar velharias guardadas. Isso é o que eu acho mais angustiante. Quanto mais penso nisso, mais me perturba.

— Eu estou agindo como acho que devo, como posso, entendeu? Não planejo nada. Estou reagindo e procurando entender enquanto faço coisas. Isso é tudo. Se você não consegue compreender isso, não há nada que eu possa fazer.

Estes são os últimos poucos dias que teremos sozinhos por muito tempo, digo. Terrance disse que deveríamos estar comemorando. Aproveitando nosso tempo juntos. Não devíamos pelo menos tentar...

— Tentar o quê?

Eu não sei, digo. Tentar desfrutar esses dias? Nós devíamos aproveitá-los ao máximo. Temos um tempo limitado agora. Um tempo limitado para ficarmos juntos.

— Tenho tantas perguntas na minha cabeça, tantas perguntas, preocupações e queixas que você não poderia nem começar a entender, e achei que seria melhor manter-me ocupada hoje à noite e sentir que estou sendo produtiva, em vez de ficar pensando no que vai acontecer em seguida e em quais serão as consequências disso, de tudo isso.

Que perguntas você tem?, pergunto, me sentando no chão e puxando-a para perto de mim. Eu quero saber. Eu tenho perguntas também.

Há caixas e pilhas de coisas espalhadas em torno de nós. Ela parece tão cansada, tão estressada. Coloco minha mão em seu joelho.

Eu não quero brigar, digo.

— Houve um tempo em que não brigávamos — diz ela. — No início. Você não lembra.

Eu reflito sobre isso, mas não respondo.

— Na verdade, eu nem quero limpar e arrumar nada. Eu só quero manter-me ocupada, pelo menos por enquanto. Eu não sei. Isso tudo está acontecendo mais rápido do que eu esperava. O que me preocupa antes de tudo é que agora sabemos que ele está vindo para ficar aqui. Por que ele não nos contou isso antes?

Eu me inclino para beijá-la. Ela me oferece a face, não a boca.

— Não é um quarto de hóspedes aproveitável, do jeito que está.

Fecho os olhos e me afasto.

Terrance não é a minha maior preocupação, Hen. Você é, digo. Não dou a mínima se ele vai se sentir confortável aqui ou se o quarto vai estar atravancado.

— De qualquer modo, há muito tempo que tenho a intenção de arrumar este quarto. Sinto que se nos sentarmos para conversar, isto não vai me adiantar de nada. Nada muda. Você entende? Não, claro que não. É o que estou percebendo. Nada muda, não para mim.

Tudo bem, digo, eu sei que somos diferentes. Eu sei que lidamos com mudanças de forma diferente. Mas Terrance não vai se importar com o quarto. Eu não quero que você se estresse por causa de Terrance.

— Eu não estou estressada por causa de *Terrance*! A coisa toda é estressante. Minha vida é estressante, Junior!

Isso é o que ele está fazendo conosco. Nós não pedimos por isso, penso.

— Ele vai se instalar aqui, e eu nem sei o que é metade dessas coisas. Não vamos precisar disso.

Seus movimentos são rápidos e vigorosos, o que confirma que ela está irritada, com raiva. Olho para as luvas em suas mãos.

Eu trabalho muito com as mãos, levantando e separando coisas. Ali está a prova disso. Aquelas luvas velhas. Em poucos meses de uso elas ficaram naquele estado de desgaste. Não faço ideia do que me levou a ficar com elas, a guardá-las quando estão tão esfarrapadas. Por que fiz isso?

— Olhe, há buracos nas palmas das mãos e nos dedos. E elas fedem.

Não, digo. Guarde. Elas são melhores quando estão gastas. Eu odeio usar luvas novas.

— Você nunca vai usar isso.

Nunca se sabe. Talvez sim. Além disso, esses objetos me trazem recordações.

— É por isso que temos tanta porcaria. Se você pensa assim, nunca se livrará de nada. Não é saudável. Esta é uma oportunidade de limpar, arrumar a casa, jogar coisas fora. Você não entende?

Eu não considero que seja uma grande oportunidade jogar fora meus pertences, minhas lembranças. Em geral, uma oportunidade significa uma coisa boa. Se há um objeto aqui que não foi jogado fora, é porque há um motivo.

— Você entendeu o que eu quis dizer.

Na verdade, não.

— Nós nunca mais ficamos neste quarto. Tantas caixas. Não tenho ideia do que sejam essas coisas.

Você vai fazer isso hoje à noite? Já está ficando tarde.

— Não, eu não sei. Eu comecei agora.

Escute, eu não quero que você jogue nada fora, digo, minha voz subindo de tom. Tudo isso é meu, e se você simplesmente jogar tudo fora, eu nunca saberei o que... o que...

Eu não consigo concluir o pensamento. Estou sem palavras e não sei por que me sinto tão apegado.

Eu posso precisar dessas coisas, tá?, digo.

Meu tom, categórico e incisivo, a surpreende, posso ver. Também me surpreende também. Não costumo falar assim.

— Qual é o seu problema? Por que está tão nervoso?

Não tem problema nenhum. Eu não estou nervoso.

— Está sim. Você está gritando. Não precisa gritar.

Eu não estou gritando, só estou meio assustado. Eu não sei por que você vai ficar fazendo isso aqui no quarto. E por que justo nesta noite.

— Você tem que se acalmar. Eu não estou fazendo nada ou tentando começar nada. Tudo o que estou fazendo é me livrar da bagunça e abrir um espaço. Você é o único...

Eu pensei que teríamos uma noite tranquila e relaxante juntos. Uma comemoração. Acho que foi ilusão minha, porque agora encontro você sozinha aqui, fazendo isso. Tudo aqui tem valor para mim. Todas essas coisas!

Hen se levanta e me dá as costas. Ela empurra para o lado uma caixa e entra no closet.

— Uma noite tranquila juntos, ah, *exatamente como nos velhos tempos*?

Há escárnio no seu tom de voz. Deboche e indignação.

Como é?

— Esqueça — responde, e se vira para a arrumação.

Tantas coisas guardadas no escuro por anos. Mas não são lixo. São parte de mim. Minhas recordações. Eu mesmo. Livrar-se delas porque ela está de mau humor... não é certo.

Eu dividi este espaço aqui com Hen por anos. Sem meus pertences, como posso manter uma identidade? Por que ela quer esquecer? Por que ela quer nos esquecer?

Eu a vejo agachada no chão para empurrar algumas caixas de lado, entrar mais para o fundo do armário. Já removeu várias caixas grandes e duas caixas de sapatos da pilha, que estão empurradas contra a parede. O armário está quase totalmente escuro, só com uma luz fraca de teto. Hen pega uma lanterna. Ela liga, mas não usa. Está curvada, escondida no fundo do closet.

— AHHHH! — grita, e então sai correndo do closet, com os olhos fechados. — Você viu aquilo? Aquilo. Lá.

Pego a lanterna e entro no armário. Ilumino um dos cantos. Eu o vejo ali, ao lado de uma camisa velha. Está no facho de luz, imóvel.

Mantenho a lanterna acesa e me inclino para olhar mais de perto. Eu acho... fascinante. Incomum.

Merda, digo. Que estranho. Eu nunca vi um assim.

— É tão grande — diz ela. — Estão ficando cada vez maiores. Pensei que já tivessem sido erradicados anos atrás, que tivessem nos livrado de todos eles nessa área.

Eles fizeram isso? Eu não sei, digo. Não lembro. Ele não está fazendo nada. Nada mesmo. Eu quero só continuar olhando. O desejo é forte. É quase hipnótico. Seus tentáculos longos e finos estão tremendo. Não parece assustado ou nervoso, mas calmo, consciente, equilibrado, a postos.

— Era só o que faltava — diz ela. — Uma infestação. Eles vão entrar pelas paredes. Devem estar vindo das plantações de canola.

Não é uma infestação, digo. É apenas um.

— Um é demais — diz ela.

Por que ele está imóvel?, fico pensando. Por que não está fugindo, se escondendo?

Eu não consigo tirar os olhos daquele inseto enorme. Eu não sei nada sobre essas criaturas. Nada. Nem um pouco. Como pode ser? Ele está morando aqui na minha casa, dividindo o espaço comigo, morando nos mesmos aposentos em que moro. Mas eu nunca soube.

— Vou ver se tem outros debaixo da cama.

Sinto o pé dela cutucar levemente as minhas costas.

— Junior? Você não se mexe. Fica aí olhando fixamente. O que está fazendo?

Não sei direito. Mas você não precisa se preocupar, digo. Eu cuidarei disso.

— É bom mesmo. Porque eu não quero nem chegar perto. Eu terminei aqui esta noite. Vou me deitar. Tire essa coisa daí, ponha lá fora.

Você deveria descansar.

Ainda estou olhando para o besouro quando ela se afasta. Seu corpo é de um preto brilhante, com listras amarelas intermitentes. É impressionante, cerca de cinco centímetros de comprimento.

As antenas são duas vezes mais longas que o corpo. Os três chifres são o mais dramático de se ver. Dois na cabeça e outro no meio, projetando-se para cima.

Então lembro. É um besouro-rinoceronte, ou besouro-de-chifre. É isso, é como são chamados.

Hen resmunga alguma coisa antes de sair do quarto, mas eu não entendo.

Hum-hum, digo, sem me virar. Não há nada com o que se preocupar. Eu cuidarei disso.

Acordei antes de o despertador tocar. Fico ali na cama por um tempo, ao lado de Hen. Só nós dois. Apesar de não estar roncando, posso ouvir sua respiração profunda e saber que está morta para o mundo. Sua boca está aberta. Eu me inclino e a beijo na testa, no ponto macio acima da sobrancelha esquerda. Ela fecha a boca, engole uma vez, mas não abre os olhos. Eu me levanto e desço as escadas.

Alguma coisa naquele besouro que vi na noite passada me revigorou, clareou a minha mente, tirou-me da minha neurose narcísica e obcecada por mim mesmo. Eu não sabia nada sobre ele, não entendia por que estava lá e o que estava fazendo. De onde veio? Como foi sobreviver sozinho naquele armário escuro? Quanto tempo estaria lá? Por que não se mexia? Por que não quis fugir? Tinha consciência de si mesmo? Todas essas ambiguidades não só me hipnotizaram, como me relaxaram.

Fiquei olhando-o por um bom tempo. Não sei quanto. Observando. Depois fui para a cama.

Apesar de dormir bem, tive a sensação de que durante a noite Hen ficou se virando e se revirando na cama, se levantando e se deitando de novo, como se nossos papéis noturnos tivessem se invertido. Tenho a vaga lembrança de tê-la visto na janela, no meio da noite, olhando para o celeiro e os campos mais além.

Pobre Hen. Tem sido difícil para ela. Depois de fazer o café, eu me sento e olho a minha tela, fico navegando sem rumo. Como um pedaço de queijo que peguei na geladeira e vejo a previsão do tempo. Mais sol e mais calor. Mais umidade. Mais um dia de intensa radiação UV. Estão prevendo uma chance de 40% de trovoadas à noite, como fazem todos os dias.

Eu deveria ir até o celeiro, ver as galinhas e cumprir minhas tarefas. Nesses dias sufocantes, quanto mais cedo, melhor. Sirvo um café para Hen e levo para cima. Ela não está no quarto. O chuveiro está ligado. Abro a porta do banheiro e ponho a cabeça para dentro.

Vou trabalhar agora, digo. Você dormiu bem?

Ela não responde. Não deve me ouvir debaixo d'água. Provavelmente está lavando o cabelo. Deixo a caneca de café puro na pia.

Estou indo trabalhar, digo.

Nenhuma resposta.

Ao contrário da maioria dos dias depois do meu expediente na fábrica, não tenho pressa alguma para chegar em casa. Eu deveria ter. É a minha última noite sozinho com Hen por um tempo, por sabe-se lá quanto tempo. Eu não posso explicar. Não estou pronto para voltar para casa ainda.

Minha vontade é de ficar andando de carro por aí, sem destino, apenas dirigir por dirigir, sem que ninguém me diga o que fazer ou aonde ir, só para variar.

Hen sempre tem sugestões de coisas que eu deveria estar fazendo quando estou em casa, pequenos problemas que eu posso resolver se tiver um momento livre. Ela não gosta que eu fique ocioso. Cuido de todos os consertos na casa, mesmo aqueles que não gosto de fazer. É raro eu não ter algum tipo de dever ou propósito.

Envio uma mensagem para Hen:

Tenho de ficar no trabalho até mais tarde do que pensava.
Como quando chegar em casa. Não precisa esperar.

Eu não gosto de mentir, principalmente para Hen. Raramente, ou nunca, faço isso. Mas é uma mentira sem importância, insignificante no grande esquema das coisas. Uma mentira para o bem dela. Se ela soubesse a verdade, poderia ficar magoada.

Muitas das estradas secundárias dessa região foram deixadas de lado para se desintegrarem sozinhas. Estão rachadas e desmoronando. É alarmante. Não há dinheiro para consertá-las, acho eu, e mesmo se houvesse, ninguém se importaria o suficiente para que isso acontecesse. Nossas estradas estão desgastadas não pelo uso excessivo, mas por negligência.

Sei que Terrance insistiu em dizer que eu deveria estar animado, que deveria estar extasiado por essa oportunidade única na vida. Mas não estou. Esta oportunidade é um começo. Entendo, racionalmente. Então, por que acho que parece um fim?

Talvez seja eu. Talvez haja algo de errado comigo.

Por um mero capricho, paro a caminhonete na beira da estrada e desço. O céu está coberto de finas nuvens cor-de-rosa e opacas. O sol está desaparecendo, mas ainda não se pôs. É maravilhoso. Sinto um desejo súbito e bizarro de dar uma caminhada por ali, pelos campos, simplesmente porque posso e quero.

A canola está começando a florescer. As plantas estão uns trinta centímetros acima da minha cabeça e me fazem sentir como se estivesse dentro d'água. O amarelo das flores brilha tanto que é quase fluorescente. Há também um ruído aqui, quase imperceptível, mas dá para ouvir quando se está tão perto. Um zumbido moderado de artrópodes.

Não estou procurando por nada. Estou simplesmente avançando e entrando pelo campo cada vez mais, as flores de canola roçando o meu corpo. Estou tão longe agora que não consigo mais avistar a caminhonete. É bom estar aqui, encoberto e escondido. Ninguém sabe onde estou. Quero tirar minhas botas, as meias também, e é o

INTRUSO

que faço. Sigo andando, carregando botas e meias na mão. Gosto da sensação da terra nos pés descalços.

O dia escurece, mas ainda não estou pronto para voltar. Talvez esteja apenas retardando o inevitável. Continuo devagar, direto em frente, afastando as plantas com a mão livre.

Paro de vez em quando para olhar o céu, o crepúsculo. Outro dia se foi. É quando eu a vejo acima de mim, enchendo o céu mais ao sul. Posso sentir o seu cheiro agora. Fumaça.

Está subindo em uma nuvem espessa. Acelero o passo, depois começo a correr. Repentinamente, a fumaça está por toda parte, cobrindo o céu. Deve ser um incêndio enorme para produzir essa quantidade de fumaça. Há um celeiro neste campo. O fogo deve estar vindo dele.

Já me disseram que esses celeiros antigos são a memória física de tempos que já se foram, quando as coisas eram diferentes. Eles precisam de manutenção, precisam ser restaurados. Seria uma tragédia se o desse campo estivesse em chamas. Outro celeiro perdido. Tiro a camisa e a envolvo em meu rosto como uma máscara. É difícil enxergar com toda essa fumaça.

Incêndios de celeiros tornaram-se mais comuns nos últimos anos. Há um debate sobre quem os estaria provocando. Seriam os velhos fazendeiros querendo protestar contra a perda de suas terras, ou seriam os grandes fabricantes de canola queimando os celeiros restantes para que pudessem ocupar mais terras? Quem quer que seja, isso não é nada bom. Incêndios são perigosos por aqui. Podem se alastrar e queimar por dias.

Eu o avisto mais à frente. O celeiro. Está totalmente dominado pelas chamas. O calor é imenso. Eu poderia ajudar. Poderia tentar apagá-lo de alguma forma, ou pelo menos controlá-lo até que a ajuda chegue.

Eu deveria ter ido para casa, passar a noite com Hen. Foi um erro vir aqui. Isso não é bom. Mas estou aqui agora. Não posso mudar isso. Uma semana atrás, eu teria dado as costas e fugido. As coisas são diferentes agora. Sinto meu senso de dever se expandindo, e isso também pode ser o meu dever. Não posso ser um espectador passivo. Tenho que ser corajoso, assumir o controle. Preciso agir. Respiro fundo e corro na direção do celeiro em chamas.

Depois de correr uns seis ou sete passos, sou atingido pelas costas por algo, ou alguém. Indefeso, caio direto para a frente. Meu ombro bate em alguma coisa dura, uma pedra. Minha testa bate no chão e perco o fôlego. Sinto o peso inteiro de algo caindo sobre mim. Ou alguém. Tento respirar com desespero. Não consigo me mexer.

O que aconteceu? É uma pessoa. Tem alguém aqui comigo? Quem? Quem fez isso comigo? Seja quem for, devia estar me seguindo. A dor é intensa e grave. Sinto gosto de sangue. Meu lábio deve ter aberto ao bater no chão. Tento cuspir, mas meu rosto está perto demais do chão. Há um joelho ou cotovelo nas minhas costas, mantendo-me preso. Tento recuperar o foco, mas não consigo. Leva um tempo para os meus olhos se ajustarem. Ergo a cabeça do chão apenas o suficiente para ver um homem na minha frente. Não o sujeito que está me segurando. Um outro, um homem de terno, usando luvas. Ele está falando com outra pessoa.

— Não se mexa — diz ele. — Fique aqui. Não deixe ele se mexer.

O homem que me segura fala:

— Eu tive que fazer isso. Não tive escolha.

— Isso foi para o seu próprio bem — diz o homem de terno, baixando a voz, dirigindo-se a mim desta vez: — Nós vimos você correndo na direção do fogo. Não poderíamos nos arriscar a perdê-lo.

Eu nunca vi um incêndio tão violento. Tento me levantar, mas não consigo. Sinto a pressão nas minhas costas ceder. O homem não está me prendendo mais, mas ainda sinto muita dor.

INTRUSO

— Fique abaixado. Fique onde está. É o meu ombro. Está dormente e lateja. Deixe-me levantar, digo, olhando para o clarão do fogo, sentindo o calor.

O suor pinga nos meus olhos e cai na terra seca. Eu estou tonto. Não consigo enxergar. Fecho os olhos e deixo a cabeça tombar.

— Não se preocupe — diz o homem de terno. — Estamos aqui para cuidar de você.

Eu acordo em um estado de terror. Frenético. Minha língua parece pesada e incômoda. É difícil engolir. Como os de um inseto, sinto meus olhos se moverem de um lado para o outro, assimilando tudo do ambiente. Não reconheço este lugar ou ninguém ali dentro.

— Junior? Você está acordado?

Tento me orientar. Depois entendo. Aqui é a minha casa, eu a reconheço, embora não saiba o que aconteceu ou como cheguei aqui. Tomo consciência de que aqueles eventos perturbadores no campo não foram um pesadelo insano, mas a realidade. Minha realidade. Minha boca está tão seca. Não me recordo muito além da dor e comoção, da fumaça, do homem de terno. Do homem me prendendo no chão. Do fogo. Eu não posso acreditar que houve realmente um incêndio. Um fogo devastador.

Estou sentado na minha poltrona reclinável de frente para a janela da sala de estar. Hen está ali. Está de pé ao meu lado, falando comigo. Não estou vestido com minha camisa. Onde está minha camisa? Há um ventilador ligado na minha direção. Por quê? Estou com calor? Não sei dizer. Tento me levantar, mas minhas pernas estão bambas.

— Não, não, espere. Fique aí sentado.

O que aconteceu?

— Você teve uma noite e tanto — diz Hen. — Deixou muita gente preocupada.

Eu não consigo... eu não me lembro de tudo. Tenho apenas uns vislumbres, mas... Como eu..., começo a dizer.

— Chegou em casa? Você não lembra?

Não.

— Você sofreu um acidente. Está um pouco machucado, mas vai ficar bem. Vou te dar um pouco de água.

Ela me deixa sozinho para ir à cozinha. Passo o olhar pela sala. Algo parece diferente, mas não sei dizer o quê, é como se Hen tivesse trocado um móvel de lugar. Ouço um barulho de descarga. No andar de cima. Se Hen está na cozinha, quem está no banheiro? Pensei que só estivéssemos nós dois aqui. Eu e Hen.

— Bom dia, Junior. Bom te ver. Eu vim logo que soube. Meu Deus, você nos deu um susto terrível. Como está se sentindo? — pergunta Terrance enquanto desce as escadas. Ele agora está na minha frente, enxugando as mãos na calça.

Estou me sentindo bem, digo. Não tão mal. Apenas um pouco confuso nos detalhes.

Terrance se aproxima, seu sorriso desaparecendo.

— Espero que não tenha feito isso de propósito, Junior. Eu realmente espero que não. Uma lesão não altera nada no que diz respeito à Instalação. Você sabe disso, não é?

Como é que é? Você acha que eu... você acha que eu fiz isso de propósito? Eu nem sei o que aconteceu.

Na mesma velocidade com que desapareceu, seu sorriso volta.

— Bom. Que bom. — Ele respira fundo. — Nosso médico o examinou. Nós tivemos sorte de conseguir trazê-lo aqui tão rápido.

Médico? Um médico veio aqui?

— Isso, ele saiu cerca de uma hora atrás. Você ainda estava dormindo. É bom que você descanse um pouco.

Nós não temos seguro de saúde, sabia?

— Já cuidamos de tudo. Você está sob nossa responsabilidade. Seus ferimentos são graves, mas você teve sorte de não estar pior. Você não poderá usar esse braço por um tempo. Terá que se acostumar a dormir nessa poltrona reclinável.

Por quê?

— Você não pode dormir na horizontal. Pode se reclinar para ficar com uma inclinação de uns quarenta e cinco graus, é isso. Como está a dor?

Eu não posso dormir deitado?

— Não, o médico fez um pequeno procedimento e...

Ele fez um procedimento?

— Sim, no seu ombro, no tendão, e correu tudo muito bem. Ele fez o curativo e disse para deixar a lesão coberta. Você terá uma recuperação completa, o ombro não vai piorar se usá-lo.

Eu na verdade não o sinto, digo. Meu ombro. Não mais. Acho que está dormente.

— Ele lhe deu alguns remédios. Você terá que continuar tomando na próxima semana. Ele os deixou comigo. Como está se sentindo, Junior? Você está bem?

Estou com sede, mas de resto me sinto muito bem.

— Fico feliz. Temos muito trabalho a fazer, você e eu.

Hen volta com meu copo d'água e o entrega para mim.

— Do que vocês estavam falando? — pergunta.

Olho para ela, mas está olhando para Terrance.

— Eu estava explicando tudo para o Junior — diz ele. — Sobre a lesão.

Então ele vai melhorar?, digo, depois de um longo e satisfatório gole de água. Meu ombro?

— Vai, não se preocupe. Se você descansar e não o sobrecarregar, voltará ao normal em pouco tempo.

Não sei como as coisas vão funcionar aqui, nesta poltrona, quando eu quiser dormir.

— Quem sabe? Talvez você durma melhor aqui embaixo. E provavelmente aqui não faz tanto calor quanto lá em cima.

Desculpe, mas eu ainda não sei por que você tem que ficar aqui agora, digo, tentando me sentar, mas me esforçando por conta da dor. Agradeço sua preocupação, mas, antes de mais nada, preciso me recuperar. E este deve ser um momento para Hen e eu ficarmos aqui sozinhos, são nossos últimos dias juntos antes...

— Há anos que você sabe sobre a possibilidade de ser escolhido, Junior. Você teve todos esses dias com a sua esposa. Todo esse tempo para ficar com ela, aproveitar os momentos com ela. Mas agora temos trabalho a fazer. Serão dias agradáveis, eu prometo. Isso é o que está programado para você fazer.

Estou gravemente ferido. Você mesmo disse. Isso não muda nada? Não podemos pisar no freio um pouco?

— A programação não deve ser alterada.

Como esses dias não serão constrangedores e estressantes?, pergunto.

— Vou atrapalhar o mínimo possível. Esse é o principal objetivo, na verdade. Ser discreto. Não invasivo. E também teremos tempo para conversar. Você ainda terá muito tempo sozinho. Eu não estou aqui para fazer exigências. Estou aqui para observar.

Observar o quê?

Percebo Hen aproximar-se da minha poltrona, o que faz com que eu me sinta um pouco melhor.

— Vamos discutir tudo.

Apenas me diga o que quis dizer, falo, esfregando meu ombro. O que você vai observar?

Ele corre a língua pelos dentes superiores e abre aquele sorriso.

— O mesmo de sempre — diz ele. — Você.

É uma situação conhecida e já repetitiva que está me deixando cada vez mais desconfortável. Nós três — eu, Hen e Terrance — estamos sentados na sala. Terrance prometeu explicar tudo, prometeu nos contar em detalhes por que ele está aqui, de novo, e o que vai acontecer em seguida. Eu exigi isso. Não aguento mais enrolações ou referências vagas. Não estou com a menor disposição para suas explicações obscuras.

De alguma forma Terrance parece mais animado, agitado.

— Junior, você terá que partir em breve. Está confirmado. Vamos fazer todo o possível ao nosso alcance para assegurar que ele volte para você, Henrietta, são e salvo, pronto para dar continuidade à vida de vocês juntos depois dessa aventura transformadora. É uma separação, porém uma separação temporária.

Hen e eu nos entreolhamos por um momento, depois voltamos a encarar Terrance. É a vez dela. Ela precisa entrar aqui. Espero que ela faça a pergunta óbvia: quanto tempo eu ficarei longe? Ela não pergunta. Isso me incomoda.

Terrance prossegue com sua palestra:

— A Instalação envolve uma certa dose de risco, mas a segurança e o bem-estar de todos são as nossas maiores preocupações. Nunca é demais enfatizar isso. Foi decidido desde o início que a negligência seria inaceitável. Mais do que pesquisas ou resultados, cuidar de nossos ganhadores da loteria é de extrema importância. Vocês têm que acreditar em mim. Eu digo isso como um amigo.

Você não é meu amigo, penso.

Isso é o mínimo que eu esperaria, digo. Que vocês garantam a minha segurança. Eu ainda estou mais preocupado com Hen do que comigo mesmo.

— Claro, eu não estou apenas me referindo ao seu bem-estar, Junior. É você quem vai partir, mas, para nós, vocês dois são parte da equação. Vocês são uma família. Essa partida afeta Hen tanto quanto afeta você. É um empreendimento conjunto. O bem-estar de ambos é uma obrigação que aceitamos integralmente e levamos muito a sério.

Tudo bem, digo, então aonde você está querendo chegar?

Hen está roendo uma unha, nervosa, um mau sinal.

— Cada um de vocês dois terá seus próprios desafios depois que você partir. Henrietta também é nossa responsabilidade.

Ele volta sua atenção para Hen, olhando para ela.

— Estamos preocupados com você, minha querida. Não apenas com o seu parceiro aqui.

— É mesmo? — diz ela.

Terrance tosse, a mão fechada cobrindo a boca. Quando ele volta a falar, é mais incisivo e dirige-se exclusivamente a Hen, como se eu não estivesse ali:

— Apenas uma família da segunda lista recebe um recurso especial quando o ente querido parte. A loteria foi aleatória, mas essa parte não. Hen, você não está sozinha, entendeu? Você nunca esteve sozinha. E você não vai ficar sozinha.

Sinto um tranco no estômago, seguido por uma pontada aguda no ombro. Eu o agarro com a mão do braço oposto.

Quanto tempo, digo. Quanto tempo vou ficar longe?

— Junior vai se ausentar por muito tempo — diz Terrance para Hen. — Estamos falando de anos, não meses. E vamos ser sinceros. Vocês não têm exatamente um forte sistema de apoio por perto. Vocês moram em uma região isolada. Nenhum dos dois tem parentes na vizinhança. Entendemos como isso pode significar um estresse ao casamento. Junior estará enfrentando suas próprias demandas na viagem, mas você também, aqui neste lugar, terá que seguir com a vida, esperando por ele.

Hen não diz nada. Ela apenas fica olhando para ele.

Um pensamento me ocorre. Talvez eu tenha entendido mal. Ele tenciona dizer que ela irá comigo também? Que eles decidiram que faz mais sentido irmos juntos? Essa ideia envia um jato de adrenalina ao meu organismo. É uma perspectiva encantadora.

— Fizemos muitas investigações e análises. Você não sabe a data exata do retorno e isso dificulta seguir em frente. O que nós não queremos é que você fique sentada aqui, esperando, aguardando, sozinha, pensando, enlouquecendo. Seria mais difícil para você do que para alguém que mora na cidade, alguém que conta com uma rede de apoio maior. Você precisa continuar com a sua vida, para tentar ser o mais normal possível.

Hen para de roer a unha.

— Normal? Você quer que eu seja normal. Tudo bem. Eu serei normal.

Terrance parece não ter captado o tom irônico dela.

Você quer que minha esposa aja normalmente, digo, depois de eu ter sido selecionado anormalmente e levado embora de casa? Você consegue ouvir o que ela está tentando te dizer? Não há nada de normal nesta situação.

— Claro que não, mas nós vamos diminuir o impacto da sua partida. E agora temos os meios tecnológicos necessários para ajudar. Hen não está reagindo. Por que ela não está protestando mais? Ou fazendo perguntas? Ela está esperando para ouvir mais, ou está consternada demais para dizer alguma coisa? Quando ela está assim — silenciosa, intensa, ilegível, fechada —, é difícil saber o que está pensando ou sentindo. Eu não gosto quando ela fica assim. Ela fica indecifrável. É injusto. É infantil.

— A solidão é uma coisa complicada. De vez em quando faz bem numa dose certa, mas não por um período prolongado. E não quando não estamos acostumados. A vida dela é aqui com você, Junior. Mas nós vamos garantir que ela tenha companhia enquanto você estiver ausente. Vai fazer um mundo de diferença.

Eu preciso entender melhor, digo. Quando você diz que ela vai ter companhia, está querendo dizer que vocês vão contratar uma assistente ou algo assim?

Ele dá um risinho e olha para Hen.

— Não, não é uma assistente. É melhor do que isso. Você ficaria surpreso com o que é possível. Tudo começou com o auge da realidade virtual uns trinta anos atrás, mas a RV completou o seu ciclo. Está obsoleta, como vocês sabem. Este é o nível seguinte, e é totalmente garantido, em todos os sentidos.

Vocês não vão colocá-la numa cápsula de realidade virtual por meses, digo, porque isso não é seguir com a vida normalmente, não é estar vivo. Isso é um coma, é...

— Claro que não! Estamos levando o marido embora, mas o que vamos fazer é justo e natural.

Está bem, digo. E o que diabos isso quer dizer?

— Quer dizer que nós vamos substituí-lo.

Minha vontade é de bater no sujeito. Socar-lhe a cara. Quebrar aquele nariz. Aquilo não era nada do que eu estava esperando. Considerei inúmeras possibilidades e vários cenários nos últimos dias, nos últimos dois anos, mas não aquilo. Jamais considerei essa hipótese.

Não, digo. Vai se foder!

— Junior — diz Hen. — Acalme-se.

— Junior — ecoa Terrance. — Eu preciso que você se acalme.

Você que se acalme, cacete! De que merda você está falando?

— Apenas me ouça. Estamos desenvolvendo um substituto para preencher o vazio que você vai deixar para trás. Não é outra pessoa. Não é uma pessoa de verdade. É uma réplica biomecânica. Essa réplica vai ficar aqui, com Henrietta. Ela fará o que você faz. Será você, essencialmente.

Não, eu não acho que seja uma boa ideia, digo. Eu não gosto nada disso.

— Isso é demais para ele assimilar — diz Hen.

— Pense na sua esposa, Junior. Isso é melhor do que a outra opção. Vocês moram no meio do nada. Você quer mesmo que ela fique sozinha por esse tempo todo? E se alguém aparecesse aqui e quisesse machucá-la? Pense nisso. Esta réplica estará aqui para ajudá-la. Será exatamente como você, idêntica em todos os sentidos possíveis. Estará aqui para guardar o seu lugar, garanti-lo, ajudar sua esposa a superar essa fase. E quando você voltar...

Isso é loucura, porra. É insano. Não pode ser igual a mim, digo. Isso é estúpido e impossível.

— Não é. É mais possível do que você imagina. O substituto será exatamente idêntico a você.

— Exatamente idêntico a você — diz Hen. — Em todos os sentidos. Difícil de imaginar.

Estou com dificuldade em entender essa história, digo. Esse substituto é de verdade? Você disse que não é um substituto humano, então é o quê?

— É muito complexo. Não sou engenheiro, mas posso explicar de forma superficial: ele foi projetado com o nosso software mais avançado e produzido usando uma impressora 3D. Temos trabalhado com protótipos há uma década ou mais. É extraordinário. Você não nota diferença alguma. Mesmo Hen não será capaz de olhar para ele e ver qualquer disparidade entre o substituto e o original. Não há nada distinto. Em nenhum sentido.

Isso só pode ser piada, digo. Eu não quero um robô parecido comigo vindo morar com a minha mulher.

— Não é um robô. É um novo tipo de forma de vida autodeterminante, um avançado programa de computador automatizado. Uma fusão de vida e ciência. Se preferir, pense nele como um holograma dinâmico muito sofisticado, com tecido vivo, com volume e corpo. Antigamente, você teria deixado uma foto sua para Hen. Esse é o próximo passo, um avanço.

INTRUSO

Eu me volto para Hen.

O que você acha?, pergunto.

— Eu acho que parece difícil de acreditar, acho bizarro e impressionante. Deve ser ainda mais estranho para você ouvir isso.

— Você precisa confiar em mim quanto a isso — diz Terrance. Eu tenho escolha? Podemos recusar? E se decidirmos que não queremos esse substituto?

— Você não vê como isso será ótimo? Você não precisa se preocupar com Hen agora. Você pode se concentrar na sua viagem, sabendo que ela será cuidada. E quando você voltar, tudo continuará como se nunca tivesse partido.

— Isso mesmo — diz Hen, sua voz claramente cheia de frustração. — Você não precisa se preocupar comigo agora.

— O desenvolvimento já começou, mas vou precisar da ajuda de vocês para terminar. Especialmente da sua ajuda, Junior.

É por isso que você está ficando aqui, não é? Tem a ver com esse substituto?

— Exatamente. Estou aqui para observar e coletar informações. Tudo que eu notar sobre você pode ajudar a garantir que o programa seja totalmente realista, como na vida real. Eles já codificaram toda a sua correspondência eletrônica, o que é um bom começo. Mas enquanto eu estiver aqui, Junior, quero que você pense no programa como um suplente seu, como se ambos fossem atores de uma peça. Tudo o que puder me contar sobre você será uma ajuda. Nenhum detalhe é irrelevante. Por exemplo, o que você comeu no café da manhã de ontem?

Vai se foder, digo.

— Junior, por favor. Vamos lá. Seu café da manhã. Ontem. O que você comeu?

Hen acena para mim, indicando que eu deveria responder. Pelo bem dela, eu respondo:

Café com torrada, digo.
Ele digita em sua tela.
— Viu só? Foi tão difícil assim? Isso é útil. Parece banal, mas não é. Como você está se sentindo, no que você está pensando, cada detalhe fará a diferença.
— Eu preciso de um pouco de ar — diz Hen.
Ela não espera por uma resposta nossa. Apenas se levanta e se retira bruscamente da sala, saindo pela porta da frente.
— Junior, vamos precisar que você seja forte, tá? Não vai ser fácil para ela. Quanto mais rápido você puder aceitar isso, menos atrito ocorrerá daqui para a frente. Estamos juntos nessa. Faça isso por ela.
Ele está me olhando mais intensamente do que nunca. O intelectualzinho patético se foi. Todas as suas visitas anteriores serviram para nos levar a este ponto agora. Enfim, algo honesto. Entendi.
É verdade, tenho me preocupado com Hen, penso, com o fato de ela permanecer aqui sozinha por tanto tempo. Eu só não sei se quero aceitar essa... coisa... como solução. Como *posso* aceitar? Como aceitar ser substituído?
— Preciso pegar algumas coisas no meu carro — diz Terrance.
— E depois nós podemos começar.
O que quer dizer com começar? Já?
— Junior — diz ele, se levantando. — Você ainda não entendeu? Já começamos.

ATO DOIS

OCUPAÇÃO

Lembranças. Mais lembranças. As que esqueci, as que pensei ter esquecido, aquelas que eu nem sabia que havia armazenado, todas voltando.

Lembro a primeira noite em que Hen ouviu os ruídos. Seis meses, talvez oito, após a primeira visita de Terrance. Ela não estava dormindo muito bem na época. Em muitas daquelas noites, eu acordava e a encontrava deitada de costas na cama, olhando para o teto ou para mim. Em outras noites ela nem ficava na cama. Na noite em questão, foi ela quem me acordou.

— Junior — dizia, apertando meu braço. — Junior. Acorde.

Hein? O que foi?, perguntei.

— Você ouviu? Está ouvindo?

Estava dormindo. O que aconteceu?

— Ouça, presta atenção — disse ela.

Fiquei deitado lá, meio sonolento, meio acordado, imóvel, tentando escutar. A casa estava silenciosa. Eu disse isso a ela.

— Nas últimas noites, eu tenho ouvido esse barulho. Mas hoje está pior. Parece que estão arranhando as paredes.

Você provavelmente sonhou com isso, falei. Volte a dormir.

Um minuto depois, talvez um pouco mais, ela me acordou de novo.

— Você ouviu? Eu acho que são os besouros. Há mais daqueles besouros. Você deve ter ouvido — disse ela.

Eu não ouvi. Eu estava dormindo. Como Hen também devia estar.

Terrance volta, trazendo algumas de suas coisas do carro, que leva diretamente para o andar de cima. Ele insiste para que nós três nos sentemos na sala para outra conversa. Tem algumas "perguntas genéricas", principalmente para mim, mas diz que gostaria que Hen estivesse presente também. Caso ela tenha algo a acrescentar.
— A casa às vezes é meio lúgubre? — pergunta Terrance.
Lúgubre? Não, digo. É uma casa comum. Aqui é a minha casa.
— Talvez de vez em quando, dependendo da hora — diz Hen.
— Mas há vantagens no silêncio.
Estamos aqui por um motivo, digo. Gosto muito deste tipo de vida.
— Estamos acostumados com o silêncio — diz Hen. — Essa é que é a verdade.
— É, mas eu não sei. Eu não fiquei aqui tempo suficiente para poder afirmar. Só acho que isso pode me pegar. Um pouco. Mentalmente, quero dizer. Provavelmente porque não estou acostumado.

É o que o pessoal da cidade pensa, digo. É por isso que todo mundo foi embora.

Dou uma olhada para Hen, porque ela entende. Ela sabe o que é estar aqui, só nós dois, sem nos incomodarmos com o vazio, com toda a vida urbana moderna que existe lá fora, longe de nós.

— Às vezes, eu acho que posso sentir bem o que você está falando — diz Hen. — Como se... imaginasse o que mais existe por aí.

Fico surpreso em ouvi-la repetir isso. Ela me falou sobre isso uma vez, mas achei que o assunto iria morrer e nunca mais vir à tona. É difícil ouvir que não desapareceu. Eu não entendo. Hen adora a vida no campo.

— A ideia de ir a um lugar novo é assustadora — diz ela. — Mas não é bom nos assustarmos de vez em quando? É tão fácil ficarmos presos em nossa própria rotina estreita e limitada. Nós nos convencemos de que existem caminhos para outra coisa, para a satisfação, mas na verdade são apenas caminhos que prosseguem para sempre.

Nós gostamos bastante daqui, digo.

Terrance muda de assunto:

— Você toca piano — diz para Hen. — Estou certo?

Hen toca piano, sim. Ela adora tocar, eu adoro ouvi-la.

— O piano tem um belo som — diz ele.

— Está desafinado — diz Hen. — Está com defeito.

— Como? — diz Terrance.

— O piano. Está aqui há mais tempo do que nós, então não está em seu melhor estado — diz ela. — Não está afinado.

Mas o piano a ajuda, digo. É relaxante.

Penso nela tocando e estendo a mão para pegar a dela.

A música é terapêutica, digo a Terrance. Fico feliz que tenha algo que é só dela. Algo que ela possa fazer e que eu não posso.

— Como vocês conseguiram ficar com as galinhas depois da proibição da pecuária? Não se preocupem, não vou contar a ninguém sobre umas poucas galinhas. Até onde eu sei, não é um grande problema.

Ninguém sabe que temos. Não há muitas, digo. Elas já estavam aqui quando chegamos à propriedade. Eu não quis me livrar delas.

— Eu disse que se ele quisesse cuidar delas, tudo bem, porque não tenho o menor interesse em cuidar de galinhas — diz Hen. — Não estou interessada em ficar tirando cocô de galinha com uma pá. Eu disse que ele pode pagar multa se formos pegos.

— Bem, isso é fascinante — diz Terrance. — Viram só? É por isso que precisamos ter essas conversas extensas, essas divagações. É esclarecedor falar sobre essas coisas.

Ele começa a digitar em sua tela novamente. Deve estar fazendo anotações.

— Quanto mais eu aprendo, mais me sinto em casa — diz ele.

Quando finalmente há uma pausa na nossa conversa, Terrance se levanta.

— Acho melhor eu subir — diz ele, se espreguiçando. — Preciso desfazer a mala, preparar os equipamentos. Arrumar tudo. Não se importem comigo.

— Equipamentos? Para quê? Você trouxe tantos assim?

— Não, não muito. Nada com que você tenha que se preocupar. Apenas alguns itens essenciais para ajudar na coleta de dados e tal.

— Eu vou mostrar o seu quarto — diz Hen.

— Ah, Junior, tome aqui. Não se esqueça de tomar dois desses.

Ele segura um frasco de remédios translúcido, sacode-o.

— Aqui — diz ele. — São ordens médicas.

Para que servem? São analgésicos?

— Eles devem ajudar — diz ele. — Sim.

Meu ombro de fato dói, mas nada insuportável. Estendo o braço e ele coloca dois comprimidos azuis na palma da minha mão.

— Deve resolver.

Os dois sobem as escadas, cada um carregando duas malas que Terrance já havia trazido do carro. Eu me levanto muito devagar, ainda me sentindo rígido e sensível. Sei que devo me movimentar um pouco pela casa, afinal não são minhas pernas que estão machucadas. Limpo a mesa. Sem botar muita pressão no meu ombro ruim, tento lavar os pratos sujos empilhados ao lado da pia. Gema de ovo endurecida é o mais difícil de limpar. Se eu não esticar o braço, se eu conseguir mantê-lo ancorado ao meu lado, a dor não é tão forte.

Há um homem estranho no andar de cima com minha mulher enquanto eu estou aqui embaixo, lavando louça com um braço só. Mas o que posso fazer? Como devo reagir? Aceitar tudo tranquilamente, tentar ser passivo e simpático? Ou eu deveria estar oferecendo mais resistência contra todo esse processo? Exigindo mais respostas?

Ouço Hen andando no quarto de hóspedes, bem acima de mim. Eu sei que é ela pelos passos. O ritmo. O peso. É surpreendente como conhecemos as pessoas depois de morarmos com elas por um tempo, como Hen e eu nos conhecemos. O tempo que passamos juntos é significativo. Vou sentir falta de ouvir esses passos delicados quando for embora. Ouvir seus passos é como ouvi-la falar; é tão reconhecível quanto a sua voz.

O andar é uma forma de comunicação não verbal. Eu poderia dizer que Hen está com raiva só de ouvir os seus passos. O andar não é tão evidente quanto outros sinais, como o cheiro de alguém, a voz, a risada, as expressões faciais. Os passos podem ser uma coisa banal, mas se você reparar, eles sempre são diferentes de uma pessoa para outra. A familiaridade cresce com o tempo, lenta e inadvertidamente. Eu nunca tentei conhecê-la pelo seu andar, não propositalmente. Isso acontece sem querer.

Terrance não é casado. Eu não sei se ele entende o que seja um casamento ou como os relacionamentos sérios funcionam. Não se pode entender um relacionamento até vivê-lo, até estar dentro dele. Isso é parte do que tornou tudo tão excitante para mim e para Hen. Nós estávamos começando juntos, nós nos comprometemos um com o outro, mas no começo ainda não sabíamos de todos esses pequenos detalhes um sobre o outro.

Viver junto com alguém não pode ser simulado nem ensaiado. Tem que ser vivido, em tempo real. Não há substituto para o envolvimento compartilhado, para a criação de lembranças reais. Por exemplo, eu sei como Hen assoa o nariz. Nunca pensei nisso antes, só agora, mas eu sei disso. Eu conheço a cadência, o ritmo. Ela assoa o nariz sempre no mesmo ritmo.

Essas observações — seus passos, sua forma de assoar o nariz — são pequenos segredos.

Vou sentir saudade dos seus passos e de como ela assoa o nariz. Eu me pergunto do que mais sentirei falta. Eu me pergunto o que ela especificamente sabe de mim que eu talvez nem saiba sobre mim mesmo. De que parte de mim ela vai sentir falta quando eu for embora?

Ouço uma porta se abrir e mais passos acima de mim. Hen está rindo. Eu sei que é sincero. Ela tem uma risada de mentira e outra de verdade, como todo mundo. Isso é outra coisa que aprendi a reconhecer. Essa risada é de verdade.

Eu já o conheço há alguns anos, tenho uma ideia dele, mas quando paro para pensar nisso, percebo que ainda não sei muito sobre Terrance. Não me refiro apenas à sua personalidade, à sua natureza, mas a todas as suas formas de existir, tanto consciente quanto involuntariamente. Isso é uma coisa que exige tempo. Tempo juntos. Eu não sei como ele anda por uma casa à noite ou no que pensa enquanto tenta dormir.

Sei onde ele trabalha. Estou familiarizado com o seu rosto. Reconheço sua voz. Conheço seu sorriso. Isso é tudo. Não é muito.

Esses detalhes são todos os aspectos que ele pode controlar para moldar minha percepção. No entanto, agora ele está aqui, vivendo conosco, em nossa casa, comendo da nossa comida, usando nosso banheiro, dormindo em nosso quarto de hóspedes. Vigiando a mim, vigiando a nós.

    O que ele realmente quer, afinal? Apenas observar? Conversar comigo? Ou alguma outra coisa?

    Ela ri de novo, desta vez mais alto. Ele deve ter feito uma piada. Não me parece um sujeito engraçado. Não consigo ouvir o que eles estão dizendo. Deixo o último prato da pia no escorredor e passo as mãos pela água com sabão, para me assegurar de que não sobraram talheres no fundo. Levanto o tampo do ralo, deixando a água escorrer.

    Não posso acreditar em tudo que aconteceu desde o momento em que esses pratos ficaram sujos. Isso me faz sentir uma pessoa diferente. Não só hoje, mas nas últimas semanas. Este acréscimo e a incorporação de novas experiências e informações, ajustando-as ao que minha vida era antes de Terrance aparecer naquela noite, mais de dois anos antes, quando vi pela primeira vez aqueles faróis verdes do seu carro no final do caminho até a minha casa.

    Nossa casa é a mesma casa velha. Olho para as minhas mãos ensaboadas. As mesmas mãos que eu sempre tive. Tudo é o mesmo, tudo inalterado, mas a partir de hoje tudo parece completamente diferente.

    Hen aparece na porta da cozinha e depois vem ficar ao meu lado.

    — Ele está se ajeitando lá — diz ela.

    Estive pensando, digo a ela. Não é uma situação ideal, mas realmente precisamos tentar. Nós temos que fazer o melhor que pudermos nessa história. Vamos passar por isso e superar. Ele não deve ficar aqui por muito tempo. Depois seremos só nós dois novamente.

Por um tempo. Antes de eu ir embora, quero dizer. Ele disse quanto tempo pretende ficar aqui?
— Até sexta-feira.
Tudo bem. Pelo menos é só ele, não um monte dessa gente. Um desconhecido, mesmo sendo uma boa pessoa, é demais para mim.
Ponho o pano de prato sobre o ombro dolorido.
Você acha que ele é uma boa pessoa?
— Ele é o que é.
Você o considera um desconhecido?
— Eu não diria isso, não neste momento.
Sério?, digo. Pense bem. Ele é.
Eu me inclino mais perto, baixando minha voz:
Nós não o conhecemos. Na verdade, não. É só que sempre que o vemos é porque algo significativo aconteceu. Há grandes novidades e revelações. Então parece que o conhecemos melhor do que na verdade conhecemos.
— Eu não sinto que o conheço *bem* — diz ela. — Não é isso que estou querendo dizer. Eu só não acho que ele seja um completo desconhecido. Eu o conheço melhor do que conheço muitas outras pessoas. Não importa. Você tem direito a sua opinião.
Ponho a mão no ombro dela.
Você está se sentindo bem?
— Estou — diz ela. — Estou só cansada.
Parece que ele sempre esteve aqui, né?, digo. Meses e meses. Sinceramente, sinto como se meu relógio interno estivesse todo alterado. Talvez tenha sido por causa do acidente. Do que vocês dois estavam falando lá em cima?
— Quando?
Quando eu estava aqui, lavando os pratos agora.
— Você não deveria estar lavando os pratos. Seu ombro.
Do que vocês estavam falando?

— Não me lembro. Eu mostrei a ele o quarto de hóspedes, depois o nosso quarto. Nada de especial. Por quê?

Terrance é engraçado?

— Como assim? Você quer saber se ele é um cara engraçado? Isso.

— Eu não sei. Você sente isso? Que ele é engraçado?

Não, estou apenas imaginando. Você conversou com ele mais do que eu, só isso.

— Estou certa de que ele te contaria uma piada se é isso que você está querendo.

Tenho certeza que sim. Se fosse isso que eu quisesse.

Ela faz uma pausa, olha para mim e dá meia-volta para sair da cozinha.

Espere, digo.

Ela para.

Você não achou estranho que eu tenha sido encontrado lá no campo? E que o médico tenha chegado aqui tão rápido?

— Na verdade, não — diz ela, virando-se para mim. — Obviamente a OuterMore tem um interesse direto em te manter saudável.

Eles estavam lá antes de eu chegar, antes do que quer que tenha acontecido comigo, digo. Eu me pergunto se... eu me pergunto se talvez eles estivessem me seguindo.

— Eu pensei que você tivesse dito que não se lembrava de nada.

Eu não lembro. Mas eu... eu não sei. Talvez eu lembre um pouco. Alguém me impediu de chegar perto do incêndio do celeiro. Alguém me derrubou.

— Você bateu com a cabeça quando caiu. Eu não estou surpresa que esteja confuso.

Ela estende a mão para mim e toca o meu pulso. É bom aquele toque, relaxante.

Obrigado, digo. Você sabe fazer com que eu me sinta melhor. Ultimamente tem sido difícil para mim, tem sido difícil não me sentir estranho e inseguro com as coisas.

— Junior?

O que foi?

— Eu vou dizer uma coisa, está bem? — Sinto sua mão apertar meu pulso com mais força. — Eu te conheço muito bem. Conheço mesmo. As coisas mudaram no transcorrer do nosso relacionamento. Nós dois mudamos. Você provavelmente sente a mesma coisa que sinto. A mudança num relacionamento é normal. Mas, mesmo que as coisas tenham mudado entre nós, depois que nos casamos e viemos morar aqui nesta casa, eu ainda sinto que *te conheço muito bem*. Eu te conheço melhor do que nunca. Eu acho que isso é parte do problema. Quando se começa um relacionamento, temos que apostar tudo nele, e isso se baseia em um misto de esperança e crença de que sabemos com quem estamos nos casando e como vai ser. Mas não podemos saber como um casamento vai funcionar. Não até vivermos um. Em algum momento, a esperança se transforma em constância, compreensão e repetição. É tão... cruel. A previsibilidade de tudo o que fizemos, ela tornou-se a nova verdade para nós. Isso para mim não é nada reconfortante. Ao contrário.

Estou prestes a responder quando ela solta a mão do meu pulso e a ergue para me impedir de falar. Ela não quer ouvir o que tenho a dizer.

— Sou eu que quero conversar agora. E quero que você me ouça. Você tem suas características, um modo de ser que é fundamental para você, mas que pode ser desgastante. Eu me pergunto se isso é apenas parte inerente de quem você é, ou se é parte de nós nesse relacionamento. E talvez eu não devesse ser sensível em relação a isso, ou mesmo pensar se isso é exclusivo do nosso relacionamento. Eu sei que você pensa que está sendo gentil quando diz que não sabe o que seria de você sem mim, mas sinto que não estou aqui apenas para ajudá-lo a se sentir seguro na sua vida, ou para lhe oferecer apoio para que você possa fazer o que quiser. Eu não sei se você entende o que estou dizendo agora, mas penso nisso há muito tempo. Às vezes, eu me sinto extenuada. Às vezes, me sinto encurralada.

Ela está falando sério. Está nos seus olhos, na sua voz, nela toda. Parece cansada de novo. Eu deveria escutar o que ela está dizendo. Sei que as coisas nem sempre foram perfeitas entre nós, mas não gosto de que tenha sido eu a causa desse sofrimento. Não é bom. Eu me sinto mal.

Desculpe se eu...

— Pare — diz ela. — Não peça desculpas, por favor. Não é isso o que eu quero de você. Você está aí me ouvindo, isso já ajuda. Eu nunca senti que poderia falar sobre esse assunto. Até mesmo isso, o fato de eu não querer tocar nesse assunto, é perturbador para mim. Mas estou feliz por ter feito agora.

Olha, por que você não toca piano esta noite? Talvez ajude.

Eu não sei de onde vem essa ideia. Mas eu sei que é bom quando ela toca.

Ela pisca, depois suspira:

— Eu, na verdade, nem pensei nisso.

Eu acho que parece oportuno. Acho que você vai se sentir melhor.

Ela se vira e sai.

Fico onde estou. Ela não diz mais nada. Leva alguns minutos para Hen descer até o porão, tirar a capa do piano e começar a tocar sua música.

Eu nunca tive que dormir nessa posição desagradável — reclinado, meio deitado, meio sentado. Já sinto falta de me deitar, de me esticar numa cama grande e macia, ao lado da minha mulher. Há momentos em que gosto de estender a mão ou o pé e tocá-la. Minha pele roçando a dela. Depois de ser forçado a dormir numa poltrona reclinável, sempre valorizarei sua presença ao meu lado. Sinto falta do corpo dela ao lado do meu.

    Hen tocou piano por um tempo, mas não muito. Ela parou abruptamente, no meio de uma música. Estou feliz que ela tenha tocado. Sei o quanto isso a ajuda, e além disto gosto de ouvi-la. É reconfortante. Mesmo naquele piano avariado, ela toca suave e lindamente. Eu estava quase adormecendo enquanto ela tocava, mas não cheguei a dormir. Agora que ela parou e foi para a cama, eu estou acordado de novo, involuntariamente alerta, sentado aqui no calor desta casa, com a mente acelerada.

Há certos estados de ânimo, como o de hoje à noite, que me lembram das inúmeras coisas que estão além das minhas próprias intenções e dos meus desejos, e o quanto eu não posso controlá-las, mesmo dentro de mim. Eu me esqueço disso às vezes. Caio no erro de me habituar a acreditar que posso regular tudo. Minha esperança agora é dormir, descansar, me recuperar. Mas meu objetivo não importa. O que eu quero é irrelevante.

O quarto de Terrance fica bem em cima da sala. Posso ouvi-lo se acomodando. Parece que ainda está desfazendo as malas. Achei que já tinha ido se deitar. O que seria tão importante e urgente que ele precisa ficar acordado até tarde? Ele está andando de um lado para o outro, talvez entre a cama e onde imagino que suas malas estejam, e o armário.

Ele tem razão no que diz respeito a minha memória, meus pensamentos. Disse que seria compreensível minha mente ficar acelerada nestes dias. Desde que Terrance voltou e nos deu a notícia da minha partida, minha mente está mais viva, mais alerta, mais desperta do que há muito tempo. Talvez mais desperta do que nunca, como se a notícia tivesse funcionado como estimulante. Minuto a minuto, posso sentir a mudança dentro de mim. É uma sensação arrebatadora, como se eu estivesse negligenciando uma parte inteira do meu cérebro, que enfim acabei de descobrir.

Disse que isso poderia acontecer, que eu poderia experimentar algumas sensações extremas, passar por altos e baixos. Que eu poderia sentir-me dinâmico e produtivo em um momento, mas mal-humorado e desesperado no momento seguinte. Ainda não sabemos muito sobre a Instalação e como será a vida lá. É o que acontece com notícias chocantes como esta e a expectativa de mudança pela frente. Ele me avisou para não exagerar em nada, para não deixar meus pensamentos se aproveitarem de mim, para me conter.

Sentado aqui, sozinho no escuro, não posso deixar de pensar nos primeiros dias de convivência com Hen, quando tudo era novidade entre nós. Estou tentando não ficar obcecado, mas é difícil. Só sei de uma verdade: naquela época, eu não me preocupava. Tudo era simples. Nós não brigávamos, não tínhamos discussões intermináveis ou longos períodos de silêncio. O relacionamento era recente, e eu estava apaixonado.

A notícia da minha partida foi mais difícil para Hen. Posso ver isso em seu comportamento. Ela é suscetível a dúvidas, mais do que eu. Eu estava ansioso antes, mas agora... agora estou sentindo uma energia crescente, uma vontade de cumprir um propósito. Enquanto isso, ela parece dispersa, oscilando entre estar atenta demais a mim e emocionalmente ausente.

Terrance está certo. Eu deveria aproveitar melhor esses últimos dias antes de partir. Tentarei ser produtivo e eficiente. Vou me concentrar no que precisa ser feito.

Ele está andando de novo, devagar, de um lado para o outro do quarto. Ouço o piso de madeira rangendo e outro barulho estranho. Está vindo de lá também, do quarto. Eu ainda não estou nada cansado e não vou conseguir dormir. Estou ligado demais. Vou investigar mais, para descobrir o que é esse barulho.

Subo as escadas e bato na porta fechada de Terrance. A porta se abre um pouco e ele aparece, sem camisa. Está vestindo apenas uma samba-canção, como eu, e segura algo numa das mãos. Ele é magro e mais musculoso do que eu pensava. Está respirando mais pesado do que o normal, como se estivesse se exercitando até recentemente. Os cabelos compridos não estão presos pelo rabo de cavalo habitual, mas caídos ao lado do rosto.

— Junior. Tudo bem? — pergunta.

Ele parece distraído. Fixo o olhar um pouco além dele e vislumbro os equipamentos que trouxe. Há muitas coisas. Mais do que pensei. Mais do que eu me lembro de vê-lo carregando.

Quantas coisas você trouxe, digo.

Estou vendo sua bagagem completa pela primeira vez. Malas, bolsas, algumas caixas. Há um tripé no meio dos equipamentos.

— Pois é, agora trouxe tudo. Não devo demorar muito para botar essas coisas todas para funcionar. É tudo da melhor qualidade.

O que está acontecendo? Por que você precisa de todo esse equipamento?

— Para coletar informações. Eu te falei. Eu só tenho que configurar tudo.

E no que consiste a configuração?

— Nada muito demorado ou complicado. Basta conectar uma coisa na outra. Hen me disse que há um bom lugar no sótão para Dotty. Ela disse que lá em cima é silencioso, o que é ótimo.

Dotty?

— Desculpe, Dotty é um dos nossos computadores. Vou usá-lo para gravar as entrevistas mais formais que faremos. É um pouco maior, então vou configurá-lo e deixá-lo lá. Nós vamos usá-lo quando precisarmos. O resto do equipamento é menor e mais leve. Você nem vai notar.

Eu me pergunto se Hen viu todos os aparelhos que ele trouxe. Aponto para um dispositivo na mão dele. É do tamanho de uma caneca de café.

O que é isso?

— É desses equipamentos que estou falando. Isto aqui é apenas um gravador básico. Talvez eu deva colocá-lo na cozinha.

Você vai gravar na cozinha?

— Vou colocar num lugar que não te atrapalhe, pode deixar.

Vai ficar ligado? O tempo todo?

— Isso, depois que eu configurá-lo.

Por que na cozinha? Eu não entendi. Isso é loucura.

— É uma coleta de dados, Junior. A cozinha é um lugar importante em qualquer casa.

É também um lugar de privacidade, penso, o lugar onde Hen e eu tomamos café de manhã, jantamos à noite. Onde nós conversamos, ou pelo menos costumávamos conversar. Não é um laboratório.

— Queremos que a coleta de dados seja a mais completa possível. Precisamos que seja assim. Pelo bem de Hen, mais do que qualquer coisa. Isso tudo tem a ver com aprendizado e compreensão. Na verdade, já que você está aqui, pode me dar uma mãozinha com isso?

Ele abre a porta completamente, volta para dentro do quarto e se debruça sobre uma das caixas, retirando de lá uma longa e fina haste de metal preta. Eu entro no quarto.

— Aqui — diz ele. — Segure isso.

Eu pego. É mais leve do que parece.

— Só um segundo, tenho que encontrar um adaptador. Deveria ter sido guardado na mesma mala, mas não foi. Está por aqui.

O que é isso?

— Chama-se Flotsam.

Flotsam?

— A maioria das câmeras tem esses nomes. Piadas típicas de engenheiro. Você se acostuma com o tempo. A Flotsam fica encaixada no braço retrátil. A Jetsam também deve estar por aqui.

Parece exagerado, digo. E invasivo.

— Não sou especialista em tecnologia, mas tudo é bastante padronizado e fácil de usar. Você precisa de um diploma de ciência da computação para projetá-los, não para usá-los. Aqui está — diz ele.

Ele pega um pequeno dispositivo de uma bolsa.

— Se você não se importa de segurar isso por mais um minuto, eu só preciso encaixar a lente.

Enquanto ele mexe na lente na ponta do braço retrátil, olho para o interior da bolsa. Muitos dispositivos, algumas peças sobressalentes, acessórios, adaptadores. De repente algo chama minha atenção por baixo do metal. Uma foto. Não é uma tela, mas uma foto antiga em papel, uma imagem impressa.

— Ótimo — diz ele, parando ao meu lado, de repente fechando a bolsa. — Aqui, eu fico com isso agora.

Ele pega a haste na minha mão.

Eu não tenho certeza. Talvez eu esteja apenas cansado, mas acho que era eu. Na foto. Uma foto de alguns anos antes. Muitos anos antes, na verdade. Eu mal me reconheço, mas ainda assim sei que sou eu. Eu, de pé, com os braços ao lado do corpo, vestindo uma camisa xadrez azul e branca. Não me lembro dessa camisa. Não me recordo nem de alguém tirando essa foto minha. Mudei tanto desde então?

Terrance montou a geringonça, que ele coloca ao lado da cama.

— Na verdade, não se preocupe, eu posso acabar isso sozinho amanhã — diz ele, me conduzindo para fora do quarto e de volta ao corredor. — Obrigado pela ajuda.

Claro, digo. Pensei ter ouvido um barulho aqui no seu quarto. Foi só por isso que apareci.

— Desculpe por isso, amigo. Estou muito feliz e ansioso para ter tudo pronto. O barulho te acordou?

Eu não estava dormindo ainda.

— Vou procurar não fazer barulho. Acho que nós dois, Hen e eu, provavelmente presumimos que você não ouviria, por estar lá embaixo. É que gosto de trabalhar à noite. Me ajuda a dormir.

Você está estressado?

— Não, não. Claro que não. De modo nenhum. Você está de brincadeira? Não, estou animadíssimo. Não poderia estar mais feliz. Você está indo muito bem.

Tento olhar para o interior do quarto novamente, mas não consigo ver nada com ele no caminho. Ele está obstruindo meu acesso.

— É um lugar novo para mim. Cama nova. E você não estava brincando quando falou que fazia calor aqui. É só por isso. Estou percebendo que não preciso dormir tanto como a maioria das pessoas. Acho que o sono é superestimado, pelo menos no meu caso.

Todo mundo precisa dormir, digo.

— Você acha isso, é? Interessante. — Ele dá um passo e sai do quarto, fechando a porta atrás de si. — Dormir é interessante — diz ele. — Mas não eficiente. Sempre há espaço para tornar as pessoas mais eficientes. Comer, interagir, dormir... e se não precisássemos fazer nada disso?

Mas por quê? Por que não quereríamos fazer essas coisas? Por que deixar de fazê-las nos tornaria melhores?

Ele faz uma pausa para pensar. Quando volta a falar, pronuncia as palavras devagar, com cautela:

— Tem a ver com eficiência. Isso aceleraria o processo de evolução. Se tudo acabará acontecendo mesmo, por que não ajudar, se pudermos?

E você está *ajudando*?, pergunto.

Parece mais que está *interferindo*, penso.

— Fico feliz que você tenha perguntado isso, porque o que temos a fazer é mudar a nossa forma de pensar sobre a evolução. — Ele põe a mão no peito. — A única qualidade constante da humanidade é que nos adaptamos. Sempre. Então, imagine que em mil anos não precisaremos dormir mais de vinte minutos por noite: isso significaria um progresso. Se pudermos chegar lá mais cedo, acho que temos a obrigação de tentar. Nós precisamos romper os limites. Pense no que poderíamos fazer com seis ou sete horas a mais por dia. É surpreendente.

Não sei se acho surpreendente ou preocupante.

Esta é a sua área. É o que você faz, digo. Eu não me sinto tão animado com o tipo de progresso forçado de que você está falando. Dormir é apenas uma daquelas coisas que temos que fazer, e estou bem assim. Estou acostumado. É o que eu sei.

Terrance ri quando digo isso. Ele ri muito, mais do que eu já o ouvi rir antes.

— Ainda não há uma resposta definitiva para a questão de por que temos que dormir. Mas posso garantir que estamos estudando. Cuidadosamente.

Nós dormimos para descansar. Para dar aos nossos corpos a chance de se recuperar. Sonhamos também.

— Sonhar, sim. Você sonha muito?

Como todo mundo, não é?, respondo.

— Dormir tem relação com muitas coisas. Pode ser para destravancar e reorganizar o nosso cérebro. Para adquirir novas informações e processá-las, como você precisou fazer nos últimos dois dias. Temos que criar novas sinapses entre os neurônios do nosso cérebro. O cérebro precisa de descanso para fazer isso.

Ele está falando quase aos sussurros, como se nossa discussão improvisada pudesse acordar Hen. Ela está dormindo no final do corredor, mas a porta dela está entreaberta.

— Não temos como ser eficientes se não esquecemos a grande maioria das novas informações que adquirimos ao longo do dia. Em outras palavras, Junior, dormimos para podermos esquecer.

Reflito sobre o que ele acabou de dizer.

Eu não quero esquecer, digo.

— Certo — diz ele, levantando a voz. — Então você concorda comigo, entende? É por isso que estamos estudando o sono e a memória. Você tem um papel tão importante em tudo isso. Você não percebe como, mas é muito importante para nós.

Ele tem tentado me fazer sentir especial e único desde o dia em que apareceu aqui, mas não está dando muito certo.

Eu só quero o que é melhor para mim e minha mulher, digo. Quero viver bem, ser uma boa pessoa, fazer a diferença, mesmo que seja apenas uma pequena diferença.

— Você quer deixar a sua marca.

Claro, acho que quero, digo.

— Você não precisa se preocupar com isso. Confie em mim quando digo que você está deixando uma marca. Você está dando uma enorme contribuição. Você não faz ideia de como é importante, quão valioso. Por enquanto, saiba que é bom que você durma o máximo possível, descanse bem. Especialmente desde o acidente. — Ele faz uma pausa. — O que vou dizer é um pouco tangencial, mas você já pensou na consciência?

Na consciência? Na verdade, não.

— Mas você tem noção disso, não é? Do que seja a consciência. Do mundo que vive dentro da sua própria cabeça, que é diferente do meu, e diferente do de Hen. Sem querer filosofar, mas praticamente desde o tempo de Descartes nós temos consciência de dois domínios distintos, a mente e a matéria.

Tá, digo. Claro. Eu nunca pensei muito sobre isso, mas é interessante.

— Bom, bom. Fico feliz que também pense assim. Eu sei que é tarde da noite, mas, já que estamos conversando, posso te perguntar uma coisa?

Ele volta a sussurrar. Eu acho difícil de ouvir, mesmo estando bem perto dele.

O que você quer perguntar?

— Se Hen... — ele olha na direção do nosso quarto — fosse a mesma que ela é agora, em todos os sentidos, mas fosse um pouco menos atraente fisicamente de uma maneira significativa, você acha que teria se casado com ela?

Fui pego de surpresa pela pergunta, mas não quero demonstrar que fui, então não hesito com a minha resposta:

Claro, digo. Eu amo a Hen. Hen é minha esposa. Ela ficará comigo para sempre. Eu sempre a amei. Sempre vou amá-la.

— Eu sei disso. Eu sei. Eu não duvido que você a ame muito. Mas não é *exatamente* isso que estou perguntando. Tem certeza de que você teria se casado com ela? Teria se comprometido com ela para sempre? Pense nisso. A aparência não significa nada para você? É isso que está me dizendo? Que a aparência dela é irrelevante?

É uma pergunta tão direta e sem tato. Parece fora de sintonia com tudo o que já conversamos. Sinto um fio de suor deslizar pelas minhas costas.

Eu estou dizendo que, para mim, de qualquer forma, ela ainda seria a Hen.

— Seria mesmo? Ela seria a Hen por quem você se apaixonou? E outra coisa: e se ela fosse exatamente como é agora, mas fosse um pouco menos inteligente? Ela ainda seria a Hen?

Que idiotice. É uma pergunta estúpida. A Hen é a Hen.

Sinto uma pontada no ombro e ergo minha mão para tocá-lo. Terrance está me observando, me alertando mais uma vez de que está ali para me monitorar, para aprender.

— Eu sinto muito. Eu não deveria estar te mantendo acordado. É injusto de minha parte. Vou fazer menos barulho. Sem barulho hoje à noite, prometo.

Acho que agora é a hora de perguntar algo a ele, algo que tem me incomodado desde que Hen falou sobre isso.

Você ouviu um som estranho? Como um leve arranhar nas paredes?

— Não ouvi não — diz ele. — Está tudo bem?

Tudo bem, é só uma pergunta. Boa noite.

— Durma bem, Junior. Amanhã será um grande dia, um grande dia. E lembre-se: em breve nosso período de observação estará concluído e você não terá mais com o que se preocupar. Eu prometo. Tudo terá sido resolvido. Espere apenas um pouco mais. Somente mais uns dois dias.

Ele volta para o quarto e fecha a porta com um clique suave e quase imperceptível.

— B om dia, Junior.
Abro os olhos e pisco várias vezes.

— Como passou a noite?

Terrance está de pé ao meu lado. Sorrindo, descansado e renovado. Está segurando uma caneca com café. Sinto o cheiro. Aquela é a minha caneca favorita.

Bom dia, digo, olhando para ele. Que horas são?

— Quase oito. Achei melhor deixá-lo dormir um pouco mais hoje. Como está o ombro?

Vai indo, digo. Cadê a Hen?

— Ela foi trabalhar. Saiu há pouco, faz uns dez minutos. Ficamos só você e eu, meu amigo.

Eu me sento, fazendo uma careta por conta da dor no ombro. Terrance me entrega a caneca. O café está quente e forte, do jeito que eu gosto. Achei que não conseguiria dormir nessa poltrona ontem à noite. Quando desci e voltei para a sala, eu estava ainda ligado, sem sono algum. Fiquei andando pela casa no escuro. Fui até a varanda por um instante. Andei pela sala de estar. Eu não conseguia me sentir confortável. Estava inquieto. Pensei em subir para ver se Hen também estava acordada, mas lá em cima era só silêncio, então decidi não ir vê-la.

Por fim, sentei-me na poltrona e fechei os olhos. Fiquei escutando a casa. Não sei se consegui pregar os olhos, mas acho que sim, pelo menos por um tempo.

— Você apagou. Chegamos a pensar em acordá-lo quando fomos tomar o café da manhã, mas você estava dormindo profundamente. Teve pesadelos?

Não, digo. Por que eu teria pesadelos?

Ele não responde.

— Está bom? — diz ele. — Eu acertei?

Acertou em quê?

— O seu café. Forte, com creme e açúcar. É assim que você gosta, não é?

Como você sabia?

— Hen me disse.

Está bom, digo.

— Tome isso também, não se esqueça — diz ele, entregando-me um comprimido.

Aceito o remédio relutantemente, engolindo-o com mais um pouco de café. Viro as pernas para o lado e me levanto. Fico de pé e dou um longo bocejo. Ando até a janela e olho lá para fora. Outro dia quente e ensolarado, com a habitual névoa espessa da manhã. Talvez caia uma tempestade. Assim espero. Para reduzir essa umidade abafada.

Pego a minha tela e consulto a previsão do tempo:

A temperatura permanecerá estável, mas a umidade relativa do ar continua a subir...

INTRUSO

Terrance está me vigiando, me observa enquanto ouço a previsão do tempo. Ele me interrompe:

— A transpiração é inútil quando está tão úmido — diz Terrance.

— Pena que não temos uma forma melhor de não sentir tanto calor.

Sinto o suor começando a descer pelas minhas têmporas. Só vai piorar com o passar do dia. Quanto mais ele fala no assunto, mais calor eu sinto.

Tenho que ir alimentar as galinhas, digo, abotoando minha camisa.

— Já fiz isso.

Eu paro.

— Achei que já que eu estava acordado e de pé, poderia ser de alguma ajuda.

Você já alimentou as galinhas? Sou eu que devo fazer isso, é tarefa minha.

— Tudo bem. Não se preocupe. Eu fiz por você. Elas estavam loucas de fome. Sei que ainda é cedo, mas temos um tempo limitado, e eu esperava que, se fizesse suas tarefas, pudéssemos começar imediatamente.

Uma entrevista, é isso?

— Agora que Hen saiu para trabalhar, não seremos interrompidos.

Eu gostaria que ele tivesse mencionado isso ontem à noite. Mencionado que iríamos começar logo de manhã. Eu estava ansioso para sair dali e ir até o celeiro, para fugir dele.

Está bem, digo.

— Ainda está com fome, ou bastou o café? Hen me disse que você geralmente toma um café primeiro e come alguma coisa mais tarde.

O café está bom, digo. Só vou ao banheiro primeiro.

— Claro, claro, vai lá. Eu espero aqui. Não tenha pressa.

Consegui escapar. Encontrei uma maneira de ficar longe dele, pelo menos por um tempo. Para fugir das perguntas, do seu olhar fixo, da sua atenção. É um alívio estar outra vez sozinho, mesmo que seja para ficar preso nesse nosso banheirinho apertado.

Olho meu reflexo no espelho. Ali estou eu. O mesmo de sempre, mas de alguma forma mais flácido, mais cansado, parecendo mais velho. Descubro um longo fio de cabelo louro na pia. É um único fio. Não deveria me incomodar. Escovo os dentes, jogo um pouco de água fria no rosto. Parece que não dormi nada, nem um minuto. A energia que eu estava sentindo ontem se dissipou durante a noite.

Pego o fio de cabelo e o seguro contra a luz, perto do meu rosto. O examino e depois o jogo na privada. Eu me ajoelho e aproximo o meu rosto o máximo possível das cerâmicas do chão. Quero ver se encontro mais pelos. Meu nariz está a uns três centímetros do chão. Nada. Em seguida, espio atrás do vaso sanitário, correndo minha mão em volta da base como se estivesse procurando um anel perdido. É frio ao toque e está molhado ali atrás. Com gotas de condensação nas laterais. O vaso sanitário também está suando, como todos nós. Com exceção do fio de cabelo, não há mais sinais dele ali. Terrance não deixou a escova de dentes no nosso suporte. Ainda bem. A toalha que Hen deu a ele não está pendurada junto com as nossas. Ele deve ter levado de volta para o quarto. O quarto dele fica bem ao lado do banheiro. Do outro lado da parede, atrás do vaso sanitário. Ele provavelmente deve estar se perguntando por que estou me demorando tanto tempo aqui. Abro a torneira de novo para deixar a água correr.

Eu me posto na frente da privada e faço xixi. Dou uma olhada no interior do vaso antes de puxar a descarga. A cor é amarelo-escura. Devo estar desidratado. Eu deveria beber mais líquidos.

Lavo as mãos, abro o armário de remédios e tiro o rolo de fio dental. Hen é uma usuária regular. Ou pelo menos é isso que ela diz. Eu não uso fio dental com frequência. Fecho o armário e puxo um longo pedaço de fio para usar. Enrolo uma extremidade no meu dedo indicador esquerdo e olho para o espelho.

Enrolo a outra ponta do fio no dedo indicador direito e o levo até a boca aberta. Deslizo o fio dental entre dois dentes de trás, forçando-o até a gengiva. Movo-o para a frente e para trás, aplicando maior pressão. Continuo fazendo isso até sentir um desconforto, até sentir o sabor metálico do sangue. Eu não paro. Continuo o procedimento. Aumento a força. O desconforto transforma-se em dor. Meus olhos lacrimejam. Minha boca se enche de sangue. Cuspo na pia e vejo a mistura de sangue e saliva escorrer em direção ao ralo.

Sei que deveria sentir vergonha ou repulsa, mas não é o que sinto quando vejo meu próprio sangue na porcelana branca. Eu me sinto bem. Eu me sinto acordado, alerta e vivo.

S aio do banheiro como se tudo estivesse normal. Terrance me leva para o sótão, seguindo atrás de mim sem dizer uma palavra. É lá que ele vai conduzir a entrevista, que não tenho vontade nenhuma de fazer. Eu não quero ele aqui, na minha casa, invadindo o meu espaço. Não quero responder às perguntas dele, mas sinto que preciso. Foi-me colocado como uma escolha, mas seria de fato? Eu realmente tenho escolha?

— Tá, Junior. Quando você estiver pronto. A imagem está ajustada. Pode falar alguma coisa? Estou ajustando os níveis de som.

O sótão é o lugar mais quente da casa. Eu não entendo por que Terrance achou que seria o melhor lugar para fazer essas entrevistas. É vazio e silencioso, mas não é como se o resto da casa estivesse cheio de distrações.

Ele já armou duas cadeiras dobráveis para nós. O que é mais incomum é o posicionamento das cadeiras. Em vez de ficarmos um de frente para o outro, estou de frente para a parede e Terrance está posicionado atrás de mim. Ele me manda sentar e relaxar. É o que faço. Eu o ouço se sentar atrás de mim. Não consigo vê-lo, apenas ouvi-lo. Uma única lente em um tripé está ao lado dele, virada para mim.

O que é para dizer? Está ouvindo? Alô. Alô.

— Perfeito, ajustado. Não se preocupe, Junior. Está gravando muito bem. Tudo bom. Tá, então nos conte alguma coisa.

Eu quero que você vá embora. Eu não sou seu amigo. Eu quero que você saia, penso. Saia da minha casa.

Que tipo de coisa?, pergunto.

— O que você quiser. Não importa, qualquer coisa.

Eu não sei. O que você espera ouvir?

— Que tal sobre o trabalho? Onde você trabalha, o que você faz, Junior?

Ele já sabe o que eu faço, mas acho que devo oferecer mais detalhes.

Quando não estou com lesões como a de agora, trabalho na fábrica de rações. A maior parte do trabalho é feita na ala sul da área de carga. Esse é o meu posto.

Eu paro. Não sei mais o que dizer. Não quero dizer muito mais.

— Elabore mais. Eu estou ouvindo, mas não vou falar. Conte mais. Qualquer coisa que lhe venha à mente.

Os grãos chegam todos os dias, a qualquer hora do dia. Eu poderia ter aceitado um posto diferente, solicitado uma função com menos levantamento manual de carga, sem tanta exigência física. Mas estou acostumado com o trabalho. Gosto de pegar no pesado. Não gosto de ficar sentado o dia todo por ali ou perder tempo como alguns outros caras. As manhãs são mais movimentadas na fábrica. Elas passam mais rápido. Sempre disse que é melhor se manter ocupado do que ficar ocioso.

— Isso é ótimo, Junior. Conte mais.

Eu deveria falar dos grãos?, pergunto.

— Isso, claro. Fale dos grãos.

Os grãos vêm ensacados ou soltos, a granel. Os grãos ensacados são mais fáceis de lidar. Os sacos são descarregados de caminhões em pallets de madeira. Eu movo os pallets um de cada vez, usando uma empilhadeira. Eu os levo da área de carga para o poço. Tudo é descarregado no poço primeiro. Lá são separados e seguem em frente.

Os grãos soltos são despejados diretamente em funis portáteis. Depois têm que ser ensacados. Nós fazemos isso nas bancadas de ensacamento. É um trabalho fácil e estúpido. Pode até dar tédio se você bobear. Também levanta muita poeira. Você nem sabe, mas ela está lá, como uma camada ou uma fina película. É de enlouquecer ficar ensacando grãos.

— Você se lembra de uma época em que havia fazendas mesmo por aqui, com animais?

Penso um pouco.

Não, eu não lembro, digo.

— Eu acho que essas megafazendas podem ser lugares muito desagradáveis.

As granjas de aves são as piores.

— Você já esteve numa?

Não, não estive. Mas foi o que eu ouvi dizer. Dizem que são lugares horríveis.

— Dizem?

Eles confinam montes de aves em cada prédio. Está errado. Eles têm elevadores nesses locais, dezenas de andares de aves que vivem umas em cima das outras. Não tem ar fresco. Nem luz natural. As granjas devem ser ventiladas, mas não são.

— Você entende do negócio.

Eu acho que sim. Dá para aprender muito só de ouvir. Os respiradouros estão sempre quebrando e não são consertados imediatamente. Ninguém dá a mínima para a ventilação, para a luz ou para as aves.

— Então você fala sobre essas coisas no trabalho? É assim que você sabe disso?

Eu não falo muito no trabalho. Normalmente, não. Mas eu escuto.

— E os caras com quem você trabalhou, eles contaram histórias.

Isso. Eu ouço coisas.

— Então, esses são relatos de primeira mão. E a partir desses relatos você forma sua própria opinião? Seu próprio julgamento? Ou você diria que esses são os julgamentos dos seus colegas de trabalho?

Um dos caras, que costumava trabalhar em uma fazenda de avicultura, disse que o cérebro das galinhas é menor do que o polegar. "O privilégio dos humanos é que nossos cérebros são grandes o suficiente para decidir o destino de outras criaturas." Foi o que ele disse. Depois ele riu.

— Ele contou mais alguma coisa?

Bactérias e surtos de fungos não são incomuns nesses locais. Letargia e desorientação são a norma para as aves. Dentro dos galpões de avicultura, os funcionários devem usar máscara, óculos de proteção e luvas o tempo todo. Existe todo tipo de parasita microscópico que prejudica qualquer espécie de ave. Pouquíssimas aves são saudáveis, talvez nenhuma seja.

— Por que acha que está me contando tudo isso?

Não sei, digo, depois de considerar a pergunta.

— Isso é interessante, Junior. É mesmo. Você já conversou sobre isso com Hen? Ou essa informação, essa lembrança, só está voltando para você agora?

Não sei, digo.

Eu o ouço fazendo alguns ruídos na tela atrás de mim, mas ele não diz nada.

— Você deve estar feliz de trabalhar na fábrica. Parece o emprego certo para você.

Eu estava feliz? Eu sou feliz? Talvez, pensei. Como alguém pode se sentir em relação ao trabalho? Nós trabalhamos porque precisamos. É apenas grão, ração, grão, ração, digo. O dia todo. O tempo continua em frente. Eu sempre achei que isso era bom. Até recentemente. Agora, não tenho tanta certeza. É bom? O tempo passar tão rápido? No outro dia, isso me fez pensar sobre o tempo de uma maneira diferente. Por que vivemos num tempo determinado? E se...

— Isso é o bastante por enquanto, Junior. Obrigado. Você foi muito bem. Uma última pergunta e depois podemos fazer um intervalo. Você pode fechar os olhos por um segundo?

Fecho os olhos.

— Tá. Agora, você consegue ver?

Você acabou de me pedir para fechar os olhos.

— Eu sei, mas não me refiro a isso. Pense no que estou perguntando. Você ainda consegue ver com os olhos fechados?

Eu não posso ver você ou o que está acontecendo na sala agora.

— Eu sei disso. Você ainda consegue ver alguma coisa?

Eu espero, mantenho meus olhos fechados. Limpo minha mente. Eu me concentro. O que eu devo ver?

Sim, digo. Eu vejo.

— O que você vê?

Agora mesmo?

— Isso, agora.

Hen.

Terrance sinaliza que nossa conversa acabou. Levanto-me e desço as escadas. Eu me sinto exausto, angustiado, perplexo com a entrevista. A atmosfera estava inesperadamente tensa. Eu não estava preparado para falar tanto. Mas uma vez na cadeira, não consegui me conter. Suas perguntas, seu silêncio — parece que foram projetados para fazer com que as informações fluíssem de mim. Quanto mais tempo passo com ele, menos confio no sujeito.

Lá fora, sigo por nossa trilha estreita de terra até o celeiro. Solto a corrente, levanto a trava de madeira e entro. As galinhas estão por ali andando à toa, como de costume. Algumas olham para mim, outras me ignoram solenemente. Não era preciso, mas encho novamente o comedouro com ração. Meus pensamentos continuam girando sem parar e, em vez de me sentir melhor, estou me sentindo pior. Meu ombro dói. Por que contei a ele sobre as granjas? Olho para minhas próprias galinhas. Elas não são torturadas como nessas granjas. Essas galinhas aqui são alimentadas corretamente. São bem tratadas. Elas têm espaço. Liberdade.

Da pequena e única janela do celeiro, olho para a casa. Vejo que há movimentação no andar de cima, no quarto de Terrance. Ele está lá. Continuo observando, até suas cortinas se fecharem. Estou feliz por ter o celeiro. Feliz por ter este espaço aonde posso ir quando não quero ficar em casa, quando preciso de um descanso e de um pouco de solidão, de um tempo para pensar. Feliz por ter as galinhas para cuidar, por cuidar delas tão criteriosamente quanto eu cuido. Eu as conheço muito bem. Elas são familiares, previsíveis.

Dou a volta pelos fundos do celeiro e sigo até os campos de canola. As entrevistas de Terrance desencadearam um movimento dentro de mim que ainda não chegou ao ponto final. A vida de cada indivíduo não precisa ser determinada e permitir intervenção para ser legítima? Não é preciso um elemento de desafio e desenvolvimento?

Isso me faz pensar na Instalação. Seria esse o meu chamado? O meu desafio? É essa a progressão que estão me oferecendo? E se outra pessoa tivesse sido selecionada para ir no meu lugar? Minha vida teria tomado um curso diferente, naturalmente. E se a minha inclusão não tivesse sido uma loteria, uma escolha aleatória? E se foi predeterminada? Eu deveria perguntar isso a Terrance, encostá-lo na parede pelo menos uma vez.

Quando volto para casa, Terrance ainda está no andar de cima. Eu o chamo:

Olá!

Sem resposta.

Vou até a minha poltrona na sala e pego minha tela. Sem pensar, ligo para Hen no trabalho. Ela atende no terceiro toque.

Oi, digo. Sou eu. Eu...

— O que houve? Você não costuma ligar para o meu trabalho. Está tudo bem?

INTRUSO

Posso sentir a preocupação em sua voz.

Nós conversamos por um tempo esta manhã, digo. Quer dizer, eu praticamente falei sozinho. Terrance me fez falar. E muito. Agora ele está lá no quarto dele. Hen. É estranho. É tudo tão estranho. Eu não sei o que está acontecendo. Comigo. Com ele. Com isso.

— Estranho como? O que você falou com ele?

Basicamente sobre o trabalho. Mas foi... estranho. Eu apenas tentei fazer o que ele pedia. Tentei manter-me relaxado. Tentei dizer o que me vinha à mente. Eu não entendo qual é o sentido disso tudo.

Ela fica quieta. Não diz nada, mas eu posso ouvir os ruídos de fundo, provavelmente de seus colegas de trabalho.

Como está o trabalho?, pergunto.

— Movimentado — diz ela. — A mesma coisa de sempre.

Eu estive pensando. Talvez devêssemos contar a alguém sobre o que está acontecendo. Contar sobre Terrance, por que ele está aqui, sobre a OuterMore e para onde estou indo.

— Não sei se é uma boa ideia — responde Hen.

Por que não? Você não acha esquisito...

Ouço um rangido e me viro. Terrance está de pé atrás de mim, a apenas alguns metros de distância. Não notei que ele havia descido as escadas. Ele não fez nenhum som até agora.

— Junior? O que foi? — diz Hen.

Nada. Eu preciso desligar.

— Tudo bem, te vejo mais tarde.

Encerro a ligação e coloco minha tela de volta na mesa.

— Como estão as galinhas, Junior?

Ele sabe onde estive. Provavelmente ficou me vigiando o tempo todo, me viu sair de casa, me viu descer os degraus da varanda, ir até o celeiro e entrar. Ele está aqui para fazer isso.

As galinhas estão na mesma, digo. Fui dar mais um pouco de ração.

— Estava falando com Hen?

É.

— Você costuma ligar para ela no trabalho?

Depende, não com muita frequência.

— Tudo certo?

Tudo. Ela está ocupada.

— Temos que ter certeza de que ela está bem. Isso é o mais importante. Eu não me importo de dizer isso a você, mas vamos manter esse assunto entre nós. Muitas vezes o que acontece nessas situações é que o parceiro que fica para trás leva a pior e enfrenta mais dificuldades.

Bem, isso é compreensível, digo. Não é como se fosse parte da rotina.

— Verdade. Esta situação é estressante, incerta, nova. Fizemos muitas pesquisas sobre como os parceiros são afetados pela ausência em potencial. Vim aqui e prejudiquei a rotina tranquila de vocês, mas só quero que nós encontremos um acordo, para nos certificarmos de que manteremos o bem-estar de Hen em primeiro lugar. Então, se você achar que ela está agindo de forma estranha, ou se ela disser alguma coisa a você que você acha... desconcertante, é melhor você me dizer. Imediatamente. Ela disse algo incomum para você?

Não, digo.

— Ótimo. Junior, sinto muito. Antes de conversarmos esta manhã, esqueci uma coisa. É culpa minha. Não é tão importante assim, mas é melhor fazê-lo agora. Não vai demorar um minuto.

O que é?

— Não é nada. Eu só preciso instalar algo em você. Um pequeno sensor.

Ele está segurando um dispositivo castanho-claro entre dois dedos. É fino, e pequeno, não muito maior do que uma moeda, e se assemelha a um Band-Aid circular, maleável e macio.

— É leve e inócuo. Você nem vai senti-lo.

Eu não quero usar isso, digo.

— Não é nada. Mas é importante. Serve para monitorar a sua pressão arterial, sua frequência cardíaca. Essas coisas chatas.

Por quanto tempo devo usar esse negócio?

Ele se posiciona atrás de mim.

— Em trinta segundos você vai até esquecer que está usando, eu prometo.

Repito minha recusa, mas o sinto pressionar o sensor firmemente no meio do meu pescoço, bem abaixo da linha dos cabelos. Sinto um calor suave, uma desagradável sensação de beliscar. Levo a mão até o local, tocando o sensor.

— Pronto. Isso é tudo. Está feito.

Vai ficar preso? Ou vai cair quando eu estiver dormindo ou tomando banho?

— Não, vai ficar preso. Pode esquecer dele.

Tá, digo, ainda apalpando o disco pequeno e macio.

— Espero que você não se importe por eu dizer isso, mas ouvi a sua conversa com Hen ao telefone. Meu conselho: é melhor manter essa situação em segredo, pelo menos por enquanto. Nunca se sabe como os outros podem reagir à sua boa sorte. Não há muito o que fazer, nem muitas distrações por essa sua região. Esse é o tipo de coisa que poderia facilmente causar ressentimentos. A inveja é uma reação comum em circunstâncias como essa. É da natureza humana.

Foi apenas uma ideia que me ocorreu, digo.

— Além disso, manter segredo faz parte do jogo — diz ele. — Estamos num jogo, entendeu? Pense nisso assim. É apenas um jogo. E os jogos são idealizados para serem divertidos.

Terrance me deu algum tempo sozinho, "para eu organizar minhas ideias". Parece que foram alguns minutos, talvez quinze, vinte, que eu fiquei sentado na minha poltrona, olhando para a parede, tentando me concentrar. Pensando.

De repente, ele volta ao meu lado, sorrindo.

— Em vez de fazer tantas perguntas sobre o seu trabalho, acho que vou até lá dar uma olhada, talvez conversar com alguns funcionários para ter uma ideia do povo local.

Eu não gosto dessa ideia. Não quero que ele entre mais fundo na minha vida.

Por mero impulso, faço uma sugestão:

Por que não vamos juntos, podemos ir agora, digo.

— Não, pode deixar, Junior. Eu me sentiria mal de fazer você sair de casa com seu ombro nesse estado.

Eu ainda consigo andar, digo. Minhas pernas estão bem. E eu sei que você quer ver onde trabalho, então poderia ser agora, sem problema.

— Bem, você é que manda — diz ele. — Está bem, então. Por que não?

Nós saímos juntos da casa e entramos em lados opostos da minha caminhonete. Fábrica, digo, depois de ligar o motor.

O sistema de navegação pisca e emite um sinal sonoro de reconhecimento.

— Está dolorido? — pergunta ele, quando saímos para a estrada. O ombro?

— Isso, é que a estrada é um tanto acidentada. Não é a mesma coisa que ficar descansado em casa, na sua poltrona.

Tudo bem, digo. Talvez seja melhor eu me movimentar um pouco. É bom sair de casa de vez em quando. Não é nada saudável, física ou mentalmente, não sair de casa nunca.

— Há quanto tempo você tem essa caminhonete? — pergunta ele.

Há um tempo. Não é nova.

— Está em boa forma.

Os veículos têm uma vida longa se forem bem cuidados.

— Como qualquer outra coisa — diz ele.

É a primeira vez que fico na companhia de Terrance fora de casa. Sentados lado a lado, estou mais consciente da presença dele do que antes. A caminhonete nos leva ao nosso destino, o que me dá a chance de estudá-lo, como ele faz comigo. Suas unhas estão roídas, seus pulsos são finos. Não tem barba, nem sinal de barba. Seria fácil presumir que ele tenha por volta de vinte e dois ou vinte e três anos, mas deve ser mais velho, para ter o emprego que tem. Na verdade, deve ter, no mínimo, uns trinta anos. Ele simplesmente não parece. São aqueles cabelos compridos, a cara de bebê.

— Então como é?

Os campos de longas flores amarelas passam por nós.

Como é o quê?, pergunto.

— A fábrica. Estou curioso — diz ele, virando-se para mim, sentando-se sobre a perna esquerda. — Eu me sinto muito à vontade com você e com Henrietta também, mas não conheço ninguém da fábrica. Diga-me o que esperar.

Você já esteve numa fábrica de sementes ou grãos antes?

— Não, nunca estive.

É apenas uma construção grande, digo. Alguns prédios. Todos anexados.

Estou determinado a direcionar a conversa para ele. Estou ficando cansado disso, do foco em mim o tempo todo.

Que tipo de trabalho você fazia antigamente? Antes da OuterMore, pergunto.

— Um monte de coisas diferentes. Demorei um pouco para encontrar uma função pela qual me apaixonasse. Para mim, tem que haver paixão. Afinal, por que trabalhar em algo de que não se gosta?

Eu não respondo nada. Não tenho certeza se descreveria meu sentimento em relação à fábrica como paixão. É um trabalho. Um trabalho em que sou bom. Eu preciso de um emprego, então trabalho lá. Não é uma fantasia, não é um ideal.

É quando ele muda de assunto, mas eu não sei por quê:

— Hen não viajou muito, viajou? Ou já passou muito tempo longe?

Não, ela não precisa disso, digo. Ela não é de viajar pelo mundo. Está muito contente com sua casa e sua sorte na vida. Não há nada de errado nisso.

— Claro que não — diz ele. — Nada mesmo. Eu a ouvi tocar piano ontem à noite. Ela é uma bela pianista.

A melhor que eu conheço, digo.

Eu vou te perguntar uma coisa, digo. Quero uma resposta franca.

— Claro.

Como é que é? Essa coisa que estará aqui para supostamente ocupar o meu lugar? Que vai ficar aqui em casa com Hen.

Pronto. É a primeira vez que eu sou tão direto com ele, a primeira vez que levanto o assunto. O substituto. Eu não sei por que fiz isso agora, mas de repente senti uma vontade urgente e incontrolável de perguntar.

— Não vai ocupar o seu lugar, exatamente, vai apenas guardar o seu lugar. É como um professor suplente que vai dar algumas aulas para que os alunos não fiquem atrasados nas matérias.

Tudo bem, digo.

Mas não está bem. Não está nada bem.

— É compreensível que você esteja curioso. Não se sinta mal por perguntar.

Eu não consigo enfiar isso na minha cabeça, insisto. Tenho tentado entender, mas simplesmente não consigo.

— Ele parece com você, Junior. É *exatamente* igual. Tanto que nem mesmo você poderia perceber a diferença entre vocês.

Eu me afasto do olhar de Terrance e vejo meu reflexo na janela. Não há como uma pessoa ser copiada de forma tão perfeitamente idêntica. Não é possível.

— Se eu estivesse no seu lugar, sentiria a mesma descrença. Isso remonta à tecnologia anterior, de pouco antes de você ou eu nascermos, na época em que a tecnologia de prototipagem 3D decolou. A primeira proeza nessa área foi a impressão 3D de ossos e articulações personalizados para pacientes que precisavam de substituições. Isso tudo começou a partir de iniciativas na área da saúde. Esses ossos eram fabricados, mas não eram completamente falsificados.

Então não eram totalmente verdadeiros, mas também não eram totalmente falsificados?

— Pode-se dizer que sim. Eles eram feitos com cálcio e outras matérias orgânicas combinadas com sintéticos. A tecnologia con-

INTRUSO

tinuou se aperfeiçoando. Então a realidade virtual decolou como atividade de lazer. O que fazemos agora é a progressão natural da realidade virtual. Eu acho que não percebemos o quão rápido isso tudo aconteceria, a rapidez com que a realidade virtual se tornaria obsoleta e aonde ela iria dar em seguida.

Eu acho que é o que sempre acontece, digo. Uma coisa abre o caminho para a próxima.

— Crescimento e progresso: é a natureza humana. Sempre foi assim. O que é impossível se torna não apenas realizável, como também rapidamente esquecido quando a próxima impossibilidade transforma-se em nova busca.

Acho que somos o fio comum, então.

— Você quer dizer a humanidade?

Isso, digo. Estive pensando mais sobre isso desde que você chegou. Sobre como vivemos. Com o que contamos. Nós dependemos do progresso.

Terrance começa a concordar:

— Exatamente. Até o seu carro. Não foi há muito tempo, provavelmente quando seus pais eram crianças, que as pessoas ainda estavam dirigindo seus próprios carros. Parece tão absurdo para nós agora, inadmissível e perigoso que um ser humano falível estivesse controlando uma massa enorme de metal que se desloca a cem quilômetros por hora por uma estrada, mas por algumas gerações essa era a norma. Todos possuíam carros e as próprias pessoas os dirigiam. Ninguém pensou duas vezes sobre isso.

Ao mesmo tempo que tudo muda, muita coisa permanece a mesma.

— Isso mesmo. É como o lema da OuterMore.

Vá Mais Longe, Seja Melhor, digo.

Ele não responde por um momento.

— Você conhece o nosso lema?

Eu acho que sim, digo. Devo ter visto isso em algum lugar, ou ouvido você mencionar.

Terrance olha pela janela.

— Eu não percebi o quanto da terra por aqui são plantações de canola — diz ele.

Quase tudo é convertido em canola. Olha, digo. À frente. Lá está.

É a primeira pausa no mar de flores amarelas desde que estamos neste carro, as três torres da fábrica.

— Hum. Você estava certo, é grande — diz ele. — Parece antiga. Quase como se estivesse abandonada.

Já viu dias melhores, digo.

Nós saímos da estrada de terra, atravessamos o portão em ruínas da fábrica até o estacionamento de cascalho. Há muito tempo que faço este percurso de casa até a fábrica. Encontramos uma vaga no final de uma fila de vários caminhões.

Vamos entrar pela porta da frente hoje, digo, mas não é o que costumo fazer. Em geral, entro pela porta dos fundos, exclusiva para funcionários.

Terrance tira sua tela, para anotações ou fotos, eu suponho, ou ambas.

Um alarme sonoro soa quando entramos. Terrance está uns dois passos atrás de mim. Não há ninguém por perto. Nem Mary está ali. Estranho, penso. Eu esperava vê-la em sua mesa; afinal, ela é a recepcionista. Normalmente, ela está aqui a essa hora do dia para cumprimentar as pessoas e atender a todas as chamadas.

Por aqui, digo.

Eu o conduzo pela entrada até os fundos, em direção à primeira área de carga. Não há ninguém ali também.

— É maior do que imaginei. Muita coisa para ver — diz Terrance.

— Provavelmente terei que voltar amanhã para conhecer mais, e não deixar escapar nada. O banheiro é por aqui? — pergunta, apontando para o longo corredor à nossa esquerda.

Sim, por ali, no final.

— Eu volto já.

Eu não costumo ficar nessa parte da fábrica. Não desse jeito, parado aqui assim. Está particularmente calmo hoje. Onde está todo mundo? Uma gota cai do teto, ao lado do meu pé. Há algumas gotas no chão formando uma poça. A gota seguinte demora para se formar, mas enfim acaba caindo.

Mary, digo, ao erguer a cabeça e avistá-la no final do corredor. Ei, Mary.

Ela para e vira o rosto para mim.

— Junior. Meu Deus! Como você está? Eu não posso acreditar que você está aqui. — Ela começa a andar na minha direção. — Olhe só para você! Hen me ligou para contar sobre o seu ombro. Como você está se sentindo?

Estou bem. Apenas o ombro que está dolorido. Eu vou ficar bem.

— O que está fazendo aqui? — diz. Ela me puxa para um abraço delicado. Eu tenho que me inclinar. Ela tem o cuidado de não tocar no meu ombro. — Eu achei que você não pudesse trabalhar, não tão cedo.

Não, eu não posso trabalhar. Vou ter de ficar de molho por um tempo.

Dois dos rapazes da fábrica passam, ambos acenam para Mary, mas não param para conversar.

— Sentiremos sua falta, é claro. Nós sentimos sua falta, mas vamos nos virar. Você precisa se cuidar, leve o tempo que precisar.

Alguém andou perguntando por mim hoje, imaginando onde eu estava?

— Hoje? — Ela espanta teatralmente uma mosca que está zumbindo em torno de sua cabeça. — Ah, eu não saberia dizer. Existe uma razão pela qual você veio aqui hoje? Você devia estar descansando.

Eu só vim trazer o Terrance, digo. Ele está dando uma olhada por aí.

Algumas máquinas foram ligadas e o som está ficando alto. Está ficando mais difícil de ouvir.

— Terrance?

Isso, Terrance. Eu tenho que gritar agora. O... primo de Hen. Ele vai passar um tempo conosco.

— Ah, sim. Hen falou sobre isso comigo. Bem, foi bom te ver, Junior. Espero que em breve você volte a se sentir como o velho Junior de sempre — diz ela. — Lembre-se: nada é mais importante do que a sua saúde.

N ós estávamos na fábrica há cerca de uma hora. De repente percebo uma certa inquietação tomando conta de mim, uma sensação que suponho ser causada por estresse ou falta de sono: uma hora costumava parecer uma hora, mas, ultimamente, o tempo tem acelerado. Ou desacelerado, não sei.

Como é possível que a percepção mude tão rapidamente em apenas alguns dias? Por algum tempo, Terrance ficou conferindo as áreas de carga sozinho, mas quando eu estava com ele, ficava dizendo "Olhe isso, olhe aquilo. O que você acha disso?". O tempo todo me perguntava sobre ferramentas e equipamentos.

Quando saímos, eu estava tenso e irritado. Ele ficou digitando em sua tela durante toda a viagem para casa, enquanto eu olhava pela janela. Fez uma ligação e me pareceu que estava falando de mim. Eu estava esperando ficar sozinho por um tempo quando chegássemos em casa, mas ele quis conversar novamente.

Estamos de volta ao seu estúdio de interrogatório improvisado. Ele está sentado atrás de mim como da última vez. Hen já estava em casa quando voltamos da fábrica. Eu queria contar a ela sobre a visita, mas Terrance estava sempre por perto, sempre ficando entre nós, de ouvido ligado.

— Como está se sentindo? Como está o ombro? — pergunta Terrance.

Para falar a verdade, eu não estou sentindo o ombro, digo.

— Sério? Nenhuma dor?

Não, sem dor.

— Bom, muito bom. São os comprimidos. O remédio está ajudando. Você tem alguma sensação de boca seca?

Debato comigo mesmo sobre o que dizer a ele, sobre o quanto devo dizer.

Acho que não, mas percebi como eu tenho me sentido... energizado mentalmente, como se eu tivesse tomado muito café, mas não nervoso. É uma outra coisa.

É mais do que se sentir energizado. É algo mais profundo, mas não digo isto a ele.

— Que interessante — diz ele. — Fico feliz em ouvir isso.

Mas é estranho, digo. Tentei pensar em uma coisa esta manhã, uma lembrança de quando eu era jovem, de quando tinha uns dezesseis anos e ainda estava na escola, mas não consegui. Não consegui me lembrar dos detalhes. Eu sabia sobre o que era a lembrança, mas nada além disto. Você acha que o que você está me dando pode estar afetando minha memória?

Terrance olha para mim seriamente.

— Eu não tenho certeza se entendi. Se não se lembra de você aos dezesseis anos, como pode ter consciência disso?

Isso é que é estranho: eu não sei. Tudo o que sei é que tenho consciência disso. Sei que tem uma lembrança importante ali, mas ela está além do meu alcance.

Hen aparece na porta. Eu não sei o quanto ela ouviu.

— Você não deve vir aqui — diz Terrance, irritado, quando a vê.

— Por que você está fazendo essas perguntas? Ele está sob muito estresse e você não está fazendo ele se sentir melhor. Só está piorando as coisas.

— Hen, por favor. Agora não é a hora.

— Não é justo o que você está fazendo.

Terrance ergue o tom de voz, o que nunca o vi fazer antes:

— Eu disse que basta! Você tem que nos deixar em paz.

Ei, digo, calma. Ela tem tanto direito de estar aqui quanto nós!

— Junior, eu preciso de um tempo a sós com você, sem interrupção. Hen, você está apenas piorando. Por favor, estou te pedindo educadamente.

— Você está indo bem, Junior, apenas responda às perguntas dele da melhor maneira possível. Eu estarei lá embaixo.

Ela se vira para sair sem dizer mais nada a Terrance.

— Vocês dois têm muita coisa com o que se preocupar — diz ele —, e eu estou aqui atrapalhando. Já entendi. Mas esta é a melhor forma de fazer as coisas, para o seu bem. Ela vai ficar bem. Eu não me preocuparia com a reação dela. Vou verificar algumas coisas agora, para ter certeza de que tudo está bem. Pressão arterial, frequência cardíaca, algumas outras coisas.

Ele se levanta, pega um pequeno dispositivo e prende algo no meu dedo indicador. O negócio começa a apitar.

O que é isso?, pergunto.

— Um monitor. Não é nada de mais.

Ele segura minha outra mão e separa meus dedos indicador e médio. Vira-se, pega alguma coisa em uma bolsa. Vejo que está segurando o que parece ser uma pequena seringa. Pega minha mão livre novamente e encosta a seringa no espaço entre os meus dedos.

— Você vai sentir uma picada rápida — diz ele. — Estou apenas pegando uma amostra.

Penso em dizer não, pará-lo, mas tudo acontece tão rápido que não posso evitar. Ele insere a ponta fina da agulha no tecido entre meus dedos. Recuo, puxando minha mão para trás num reflexo. Porra!

— Desculpe, já acabou. Eu sei, é um ponto sensível, não é?

Ele anda atrás de mim, mas não se senta.

— Você pode se inclinar para a frente por um momento? Assim?

Eu me inclino para a frente na minha cadeira.

— Isso, agora descanse os braços nas coxas. Sim, isso mesmo.

Posso sentir suas mãos nas minhas costas, descendo pela minha coluna.

— Bom, isso é bom. Você alguma vez já pensou em viajar, Junior?

Viajar? Você se refere a uma viagem comum, uma viagem bacana que eu escolho sozinho para onde ir, em vez de ser forçado a deixar a nossa atmosfera por causa de uma loteria imposta?

Ele dá uma risadinha.

— Exatamente, isso.

Não, na verdade, não.

— Você não acha uma boa ideia ver outros lugares além do que você já conhece, mesmo que seja apenas para sair da fazenda por alguns dias, conhecer outras paragens, expandir seus horizontes?

Nunca considerei essa possibilidade. Nunca me atraiu. Eu tenho responsabilidades... trabalho, casa.

Gosto de onde eu vim, de ser quem sou. Estou confortável aqui com Hen. Tenho uma casa e as galinhas para cuidar.

— Bem, o que dizer de Henrietta, então? Já lhe ocorreu que ela pode querer mais do que isso?

Como eu disse antes, ela adora isso aqui. Você deveria ter visto como ela era antes, como era sua vida antes de nos conhecermos.

— Como era a vida dela antes de vocês se conhecerem e ficarem juntos? Você mencionou no carro que ela não tinha muito dinheiro.

Sinto uma ligeira dor de cabeça começando em algum lugar atrás dos meus olhos.

Tudo o que sei é o que ela me disse, digo.

— E o que ela disse?

Que não foi bom. Ela não tinha praticamente nada naquele lugar. Cresceu numa casa de fazenda arruinada. Eles eram muito pobres.

— O que você sabe sobre o passado dela?

Isso não é importante. Eu sempre soube que queria ficar com ela. Sabia que poderíamos ficar juntos e dar certo. O passado dela era irrelevante para mim.

— Mas você disse que...

Por que está perguntando sobre Hen? O que isso importa?, pergunto, levando minha mão à têmpora.

— Preciso ter uma compreensão completa de você. E o que é mais importante do que Hen?

Nada, digo. Acho que já chega de falar com você por enquanto.

— Seria melhor se ficássemos aqui um pouco mais.

Não, eu não quero mais falar com você, digo, numa voz mais alta do que pretendia.

— Está tudo bem? Por que você está esfregando sua cabeça assim?

Eu não percebi que ainda estava massageando minha têmpora esquerda. Paro quando ele menciona isso.

Um pouco de dor de cabeça. Eu gostaria de descer agora.

— Está bem, está bem. Você é livre. Você não é o meu refém aqui. Tudo bem.

Eu me levanto, derrubando minha cadeira e descendo os estreitos degraus do sótão antes que ele possa dizer qualquer outra coisa.

Minha entrevista com Terrance foi confusa, tortuosa e perturbadora, especialmente no final, quando ele começou a perguntar demais sobre Hen. Sei que ele teria pressionado mais se eu não tivesse dado um basta nessa história. Não gosto que ele demonstre tanto interesse nela. Isso me deixa apreensivo. Na verdade, toda essa coisa de entrevista formal parece desnecessária. Ele não poderia só ficar por aqui durante alguns dias, ver como eu vivo, ouvir o que digo e ir embora? Não seria suficiente?

Está ficando tarde. Eu deveria estar cansado, mas não estou. Comecei a desenvolver uma teoria sobre Terrance. Uma teoria de por que ele está realmente aqui, por que está fazendo essas perguntas. Eu não acho que ele esteja sendo franco comigo, conosco. Ele está escondendo alguma coisa.

Vou até a cozinha e pego uma cerveja. Minha boca está seca, mas não vou contar isso a ele. Pode ser por causa dos comprimidos ou do calor. A cerveja ajuda. Fico andando de um lado para o outro na frente da geladeira por alguns minutos, organizando meus pensamentos. Termino a cerveja e abro outra. Hen está no porão, tocando piano.

Desço a escada lenta e cuidadosamente. Chego até lá embaixo. Mantenho uma certa distância e fico de pé atrás dela, bebendo a minha cerveja, observando, escutando enquanto ela toca. Hen é demais. Ela toca tão bem, de forma tão suave. Há uma inegável fragilidade em seu modo de tocar, o que reforça o meu sentimento de querer protegê-la, de querer estar sempre aqui ao lado dela, assim como ela me protegeu mais cedo. Ela foi até o sótão para verificar se eu estava bem. Ela me defendeu. O que seria de mim sem ela? É uma reflexão assustadora, então tiro essa ideia da cabeça. Reconheço a música que ela está tocando. Gosto quando reconheço o que ela toca. Passo a gostar ainda mais da música. É uma música que ela costumava tocar uns tempos atrás, mas não ultimamente.

Tomo outro longo e ávido gole. A cerveja está ajudando a minha cabeça. Olho para Hen.

Talvez eu não seja um sujeito tão mediano como sempre julguei que fosse. É um pensamento grave, estimulante. Nunca pensei nisso antes. Talvez seja a combinação da cerveja, minha conversa com Terrance e o fato de Hen estar tocando essa música em particular.

Dou mais alguns passos à frente e fico atrás dela. Ela ainda não percebeu que estou aqui. Ela não perde uma nota. Não atrasa nem para. Não há erros ou passos em falso. É incrível. Ela é incrível.

As coisas estão ficando mais claras. Não por causa da loteria ou da OuterMore. Estou refletindo sobre tudo, avaliando o que tenho com novos olhos, fazendo um balanço, pensando na minha vida de uma maneira diferente.

Termino minha cerveja, deixo a garrafa silenciosamente aos meus pés e dou mais um passo à frente. Não tenho pressa. Agora estou bem atrás dela. Estendo a mão e a pouso em seu ombro. Ela se encolhe de surpresa e seu dedo bate na tecla errada. Ela para de tocar, descansando as mãos no colo.

Continue, digo. É lindo. Você toca tão bem.

— Você me assustou — diz ela.

Eu só queria te ver. Estar com você. Nós mal nos vimos o dia inteiro.

Posso sentir a umidade, o suor em sua pele.

— Foi outro dia estranho em uma série de dias estranhos — diz ela. — Ainda não choveu. Estou começando a me preocupar.

Eu não quero que você se preocupe. Nunca.

— Eu sei que você não quer. Eu sei. Você gosta quando toco?

Gosto, gosto sim. Você toca tão bem.

Ela se vira no banco e fica de frente para mim.

— Vou dizer uma coisa a você: na verdade, não é para mim. Sabia disso? Eu não toco para mim mesma. Eu toco neste piano porque... porque você quer que eu toque. Eu toco para você.

Essa sua revelação é cheia de significados, e sinto que ela não terminou, que vai continuar falando, que quer falar mais.

Continue, digo.

— Você gosta que eu toque piano. E, como muitas outras coisas, você acha que isso é bom para mim, mas não é. Tocar não me ajuda a me sentir melhor. Eu nem gosto de me sentar aqui. E você consegue ser completamente indiferente a esse tipo de coisa, quer você perceba ou não. Há muitas situações em que eu esperava que você entendesse como estou me sentindo e isso simplesmente não acontece. É tão desanimador e exaustivo. É como se bastasse estarmos aqui, vivendo um dia após o outro, para você se convencer de que estou feliz. Para ser franca, eu quase nunca me sinto feliz. E eu não quero ter que contar tudo a você. Eu não precisaria. Não se você estivesse prestando atenção, nem que fosse só um pouco, para me considerar de uma forma que não fosse apenas superficial. Quero a minha própria identidade separada do fato de ser sua esposa. É assim que deve ser.

Sua voz sai suave, sem subir ou tremer. Seu tom é firme, racional, composto, sóbrio.

Então é isso o que eu faço?, pergunto. É algo que estou fazendo que faz você se sentir assim?

— É mais algo que você não está fazendo.

Eu estou aqui te escutando, digo. Fico feliz por você estar sendo franca, mas o que está dizendo não é bom. Eu não gosto que você se sinta assim. Você nunca falou sobre isso antes.

— Não, eu não conseguia. Mas nestes últimos dois anos, desde que Terrance apareceu aqui pela primeira vez, eu posso não ter falado muito, mas pensei bastante. Pensei em nós. Ter essas conversas com você é o primeiro passo para descobrir... o que preciso descobrir.

Você sempre pode falar comigo, Hen. Sempre que quiser, digo.

— Obrigada — diz ela.

Estou falando sério, digo.

Ela põe a mão no meu braço.

— E se nunca acontecer? — diz. — A tempestade. A chuva. Nós agimos como se ela tivesse de acontecer, como se fosse inevitável porque sempre aconteceu antes, mas e se uma tempestade não acontecer dessa vez e as coisas continuarem seguindo assim para sempre? O que vai ser então? Não tenho certeza se poderei continuar assim sempre, embora eu deva continuar. Mas acho que não posso.

Antes que eu possa responder ou dizer qualquer outra coisa, ela se levanta, empurra o banco para trás com as pernas e sobe as escadas sem dizer mais uma palavra.

Sozinho de novo. Felizmente. Preciso de mais tempo para pensar. Estou sentado na poltrona, na minha poltrona, no escuro da sala de estar. Já estou me acostumando com minha solidão diária e noturna.

Por um momento, ouvi Hen e Terrance andando lá em cima, revezando-se no uso do banheiro, abrindo e fechando a torneira, dando descarga na privada, conversando no corredor, se preparando para dormir. Eles têm conversado muito, mas não formalmente, como nas minhas entrevistas com Terrance. Agora eles estão em suas respectivas camas, dormindo.

Meu ombro está melhor. Terrance me deu outra dose do remédio. Decidi que amanhã vai ser um grande dia. Terrance não está sendo completamente honesto comigo e pretendo descobrir o que ele está escondendo. Como posso estar a ponto de descobrir alguma coisa quando nem sei o que estou procurando?

Sinto que o sono não virá, ainda não. Não estou cansado. Estou alerta. Meus olhos se ajustaram à escuridão. Fecho os olhos, abro, fecho, abro. Abertos. Fechados. Abertos. Fechados.

Quando não consigo dormir, é em Hen que penso. Penso muito no dia em que encontramos o piano dela. Nós só o encontramos depois que estávamos morando na casa há alguns dias. Os proprietários anteriores o deixaram no porão, escondido debaixo de um cobertor empoeirado. Um piano, em péssimo estado. Não tenho ideia de como foi parar lá, por que o colocaram lá. Provavelmente alguém considerou que fosse lixo e não quis levá-lo na mudança.

Fiquei empolgado quando o vi. Eu sabia que Hen havia tocado piano na escola quando era criança. Imaginei que ela adoraria poder voltar a tocar. Foi outro sinal de que tomamos a decisão certa ao comprarmos esta casa. Quando eu disse a ela que havia achado um piano no porão, ela não sentiu o mesmo entusiasmo. Foi decepcionante.

Você não parece muito interessada, falei, depois de conduzi-la de olhos vendados e remover o cobertor.

— É legal — disse ela. — Mas eu não toco mais.

Mas agora você vai poder tocar, falei.

— Acho que sim. Mas estou enferrujada. E fica aqui no porão.

Lamento que esse piano grátis não seja novo, Hen. Mas é seu, você vai adorar.

Limpei o piano para ela, mas nunca pudemos afiná-lo corretamente. Hen tentou por um tempo e depois desistiu.

A gente acaba se acostumando, disse a ela. Um pouquinho de dissonância não é tão grave.

— Que bom. Você acordou — diz Terrance. — Eu estava tentando ficar em silêncio, mas não posso me conter para sempre.

Não tem problema, digo. Tenho que acordar mesmo. Que horas são?

Sinto o cheiro da cozinha, de temperos, e ouço uma panela chiando no fogo.

— Quase nove, dorminhoco — diz ele. — Você estava morto. Eu teria esperado, mas... tome aqui, você está atrasado.

Ele está com um pano de prato pendurado no ombro e estende a mão para mim. Vejo três comprimidos brancos na palma da sua mão.

Três?

— Os mesmos comprimidos de ontem. Para a dor.

Ocorre-me que não preciso mais deles.

Eu não estou com muita dor, digo.

Eu os transfiro para a minha mão, retardando, considerando. Terrance espera. Coloco na boca. Têm um ligeiro gosto de borracha.

— Você teve um sono longo e repousante. Fico contente. É exatamente do que você precisava.

Retiro de cima de mim o fino lençol que venho usando e viro as pernas para o lado da poltrona, para que meus pés toquem o chão.

É, digo. Não sei se realmente dormi tanto assim.

— Eu acho que você já está se acostumando a dormir na poltrona. Não sei se eu conseguiria. Às vezes nem numa cama confortável consigo dormir.

Bocejo e esfrego minha testa, tentando acordar. Minha cabeça está um pouco dolorida de novo esta manhã, no mesmo lugar de ontem.

Eu não me lembro de ter pegado no sono, digo.

— Espero que você não se importe. Eu estava acordado e pensei em tomar meu café da manhã.

Olho para a cozinha, tentando fixar o meu olhar, me concentrando em Terrance. Ele está ao lado do fogão, falando por cima do ombro. Onde está Hen? Eu me levanto e vou até a cozinha. Há uma caixa de ovos aberta na bancada. Assim como a tábua de cortar, a minha faca e uma tigela prateada. Minha frigideira de ferro fundido está no fogo. Ovos mexidos? Ele está usando o meu avental.

— Espero ter feito o suficiente.

Nós geralmente não comemos muito no café da manhã, digo. Onde está Hen?

— Não sei onde ela está. O café da manhã é uma refeição que deve ser feita sempre. Tenho pensado que você precisa comer mais, manter suas forças. Você perdeu peso? O café da manhã vai lhe fazer bem. É o combustível para o dia! Mantém o metabolismo em funcionamento. Na viagem, você vai tomar um café da manhã regulado. Três refeições balanceadas para todos. O que você faz com as cascas de ovo?

O cheiro da comida é desanimador. Ele joga uma coisa estranha nos ovos.

O que está pondo aí?

— Estou incrementando com um pouco de tempero. Ovo puro é meio insosso.

Abro uma gaveta e pego o saquinho de café e um filtro.

— Desculpe, eu deveria ter feito café primeiro. Já devia saber a essa altura.

Você vai tomar café?, pergunto.

— Não, para mim não, obrigado.

Terrance começa a assobiar enquanto mexe os ovos com uma colher de pau. Estou colocando a água na parte de trás da máquina de café quando Hen aparece.

— Terrance está preparando o café da manhã? — diz ela.

— O prazer é todo meu. Não gosto de perder o café da manhã e estou acordado há um tempo.

Onde você estava?, pergunto a Hen.

— Saí para dar uma caminhada. Acordei cedo.

— Você está com fome? — pergunta ele a ela.

— Estou sim. Bom dia — diz ela, tocando meu braço enquanto passa por mim para ir até a pia.

Café?

— Não. Acho que vou esperar até chegar no trabalho — diz ela.

Sério? Você sempre toma café aqui antes de sair.

— Estou tentando reduzir. Quero fazer algumas mudanças.

Uma xícara aqui e outra no trabalho não vão te matar.

— Não, eu sei. Mas estou bem.

Ela esbarra em Terrance perto da geladeira e pede desculpa. Ele toca as costas dela. Não há muito espaço entre o fogão e a geladeira.

— Está pronto.

— Vou pegar os pratos — diz Hen. — Cheira bem. O que você pôs neles?

— Alguns extras. Espero que esteja bom. Eu apenas inventei com o que você tinha. Comer é sempre mais prazeroso depois de um exercício vigoroso.

Ainda estou usando o short que usei para dormir. Sem camisa. Não estou com fome. Meu estômago deu um nó. Minha cabeça ainda está meio atordoada.

Eu só vou tomar um pouco de café, digo.

— Tem certeza? — diz Terrance. — Eu fiz o café da manhã para você, principalmente. Acho que você deveria mesmo comer.

— Ele já preparou os ovos — diz Hen, pondo três pratos na mesa. — Você deveria comer.

Ainda não estou com fome e não tenho vontade de me sentar agora. Fiquei sentado a noite toda. Eu não sou um garoto de cinco anos.

Meu tom é áspero, mas não me importo. Eles olham um para o outro e depois para mim. Essas crescentes liberdades que ele está tomando já ultrapassam os limites, e não vou aceitar isso. Ele é um desconhecido. Um desconhecido em minha casa.

— Não tem problema — diz Terrance. — Você é quem sabe.

Terrance leva a frigideira para a mesa. Ele serve duas porções até a frigideira ficar vazia, deixando os pedaços que grudaram. Em seguida, deixa a frigideira suja no fogão.

— Espero que esteja bom — diz ele.

— Parece incrível — diz Hen.

O café ainda não acabou de passar, mas eu interrompo o processo, retiro a jarra e encho uma caneca. Estou de costas para a mesa, mas posso ouvi-los comendo, os talheres batendo nos pratos, as bocas mastigando.

— Na verdade, está delicioso — diz Hen. — Nossa, bom mesmo.

— Não ficou muito picante?
— Não, não mesmo. Eu adorei.
Eu me viro, apoiando as costas na bancada.
Eu quero esse sujeito longe dela.
Pronto para sair em dez minutos?, pergunto a Terrance.
— Eu estava pensando que poderia deixá-lo na fábrica — diz Hen. — Você o levou ontem. Você não precisa ir a lugar algum hoje.
A fábrica fica na contramão para você. Você teria que pegar o caminho oposto.
— Não faz sentido sair de casa quando está tentando descansar.
Tomo um gole do café. Café quente. Café quente em outra manhã quente. Ele poderia ir no próprio carro. Mas tenho certeza de que alegaria que estaria perdendo a oportunidade de conversar com Hen. É quando o vejo na bancada, à direita da cafeteira.
Um besouro-rinoceronte. Parado ali, imóvel. Olhando para mim.
— Tem certeza? — pergunta Terrance. — Não quero ser responsável por atrasá-la.
Terrance e Hen não o viram. Fico feliz por isso. Se o vissem, iam querer matá-lo na mesma hora.
— Você tem coisas para fazer aqui, não tem, Junior? — diz Hen.
— Junior?
Tenho, digo. Eu estava planejando umas tarefas.
— Eu pego Terrance na fábrica quando meu expediente acabar — diz Hen.
Vai levar umas horas, não vai?
— Sem problema — diz ele.
Terrance terminou o prato. Ele se levanta e o leva para a pia.
— A maioria das pessoas não tem essa chance. Elas não prezam o que você pode prezar agora: a valorização de cada dia. Aproveite essa sensação. E antes que eu me esqueça, notei que o chuveiro está pingando um pouco. Fechei bem o registro quando terminei

o banho e a água não parou de pingar. Nada sério, mas queria que você soubesse.

Outro gole de café.

Vou dar uma olhada, digo.

— Estava muito bom. Pode deixar a louça na pia — diz Hen. — Junior não vai a lugar algum hoje. Ele pode lavar.

Eu tenho que fazer mais por ela. Hoje notei suas reticências e alternâncias de humor. Não tenho feito o suficiente. Preciso mostrar a Hen que me importo com ela, que tenho consciência disso e estou preocupado. Preciso impressioná-la antes de partir.

Não é muito demorado lavar a louça do café da manhã, com a exceção de ter que esfregar a frigideira em água quente com palha de aço por cerca de dez minutos. Teria sido uma tarefa muito mais rápida se Terrance a tivesse deixado de molho, em vez de no fogão. Não é o fim do mundo, mas é chato.

Quando termino, meu ombro está dolorido. Tenho um dia ocupado pela frente. Ainda tenho muito o que fazer por aqui. Meu tempo está acabando. Restam poucos dias. Posso sentir isso nos ossos. Uma urgência. Já não há horas suficientes no dia. Nunca houve, mas há menos ainda agora. É triste, mas também inesperadamente emocionante.

Preciso ser produtivo hoje, apesar da lesão. É só o meu ombro. Não quero que Hen se preocupe com as coisas da casa quando eu partir. Minha lista de afazeres é interminável. Antigamente isso me deixava mais inclinado a desistir e adiar o trabalho. Por onde eu começaria? Só que agora, que eu sei que estou indo embora, senti uma necessidade maior de realizar coisas. Agora. Hoje. Eu tenho responsabilidades, deveres, tarefas. O que seria da vida sem essas coisas? Mais fácil, mas de maneira alguma satisfatória. Precisamos estar envolvidos em algo e nos sentirmos desafiados. Todos nós precisamos ser produtivos, precisamos produzir.

Alguns dos afazeres são óbvios. É evidente para qualquer um. O corrimão das escadas precisa ser repintado. O velho papel de parede da sala de estar está descascando perto do teto. Há manchas amarelas e marrons no teto de alguns cômodos. O tapete sob o sofá e as poltronas está gasto e sujo. Nenhuma dessas tarefas é pesada demais. Nada de grandes projetos. Há muita coisa, mas nada grave.

O chuveiro também está pingando, pelo que me disseram. Como Terrance disse, há sempre uma forma positiva de ver as situações, uma oportunidade para reconhecer e priorizar.

"A maioria das pessoas não tem essa chance", disse ele. "Elas não prezam o que você pode prezar agora: a valorização de cada dia. Aproveite essa sensação."

Tenho a impressão de que Terrance acha que minha casa está em péssimo estado, que ele nos julga silenciosamente. Que me julga. Ele não verbalizou isso, não diretamente, mas fez alguns comentários. É mais o jeito como ele olha quando vê uma pintura lascada ou um vidro trincado na janela.

Eu não vou tomar decisões porque Terrance não aprova.

Eu me pergunto como seria a casa dele. Não faço a menor ideia. Tenho certeza de que, se eu estivesse morando lá, poderia encontrar algumas coisas erradas, alguma sujeira embaixo do tapete.

Vou fazer o que bem entendo. O que eu acho importante. Já tenho um plano na minha cabeça. Estou no controle.

Tudo aqui é velho, eu sei disso. É a minha casa. São as minhas coisas. Pelo menos, acho que são minhas. Ultimamente, tenho pensado nisso. Alguns desses pertences — os móveis, os pratos da cozinha — não parecem tão conhecidos quanto deveriam. Como nesses pratos todos os dias, mas eles não contam uma história, não do jeito que algumas de nossas outras coisas o fazem, mas sei que eles são nossos. Ainda assim, não sinto nenhuma ligação especial com eles. Outro sintoma inesperado do estresse de toda essa situação, provavelmente.

Com a frigideira finalmente limpa, deixo tudo para secar no escorredor. Fecho a torneira. Sem a água escorrendo, tudo fica em silêncio.

Subo as escadas para o nosso quarto e me sento na nossa cama. Hen a deixou desfeita, desarrumada. Sinto falta de estar aqui à noite. Sinto falta de dormir na minha cama com a minha mulher. Sigo pelo corredor até o banheiro. Fico na frente do espelho. Corrijo minha postura, endireitando os ombros. Eu me viro para o lado e depois para a frente. Abro a boca o máximo possível. Grito. Grito de novo, mais forte, o mais forte que posso.

Estico o braço direito para cima, flexiono-o. Sou forte, mas poderia estar em melhor forma. Não tem sido uma preocupação minha, há anos não penso nisso. Não demoraria muito para tonificar. Eu só preciso alterar um pouco a minha rotina, talvez incluir alguns exercícios adequados para o meu ombro. Não posso puxar peso agora, mas talvez pudesse fazer abdominais, uns agachamentos. Não há razão para não fazer isso. Cabe a mim fazer alterações, me aperfeiçoar.

Toco minha nuca e encontro o sensor que Terrance instalou. Parece maior, como se estivesse crescendo, mas sei que isso é impossível. Eu me pergunto se o sensor está detectando a melhora de minha saúde. Parece mais quente do que quando ele o instalou, quase como se estivesse incandescente.

Faço um agachamento. Depois outro. Continuo — quinze, dezesseis, dezessete —, até minhas pernas estarem queimando. Estou satisfeito por poder fazer o exercício sem sentir dor no ombro. Meu tronco já está tremendo nos dois últimos agachamentos, mas completo a série. Espero por alguns minutos, descansando. Faço mais vinte. Depois mais quinze. Estou pingando de suor e ofegante. Fico satisfeito com esses resultados.

Volto para a cozinha. O besouro não se moveu, nem um centímetro. Está parado lá na bancada. Eu sei disso porque tenho ficado de olho nele. Meu coração está batendo no peito, bombeando, quase explodindo do exercício. Gosto dessa sensação, batendo forte, martelando e martelando, tudo por si só.

O que vem a ser a normalidade? Acho que se perguntássemos a cinquenta pessoas, teríamos cinquenta respostas diferentes. Sem dúvida, haveria algumas congruências, mas quem decide o que é normal? Em que ponto a linha de regularidade começa a cair? Eu tenho tempo agora para considerar este enigma metafísico porque estou sozinho em casa. Eu tenho tempo, espaço e um vigor mental renovado.

Sempre senti uma coisa em relação a mim mesmo, quando recorro à memória para voltar ao dia em que conheci Hen, mesmo naquela época: um imenso fardo de mediocridade. Mas posso sentir uma mudança. Eu estou aqui, afinal! Agora mesmo! Estou vivendo experiências, sentindo desejos, tomando decisões, estabelecendo relacionamentos, gerando novas lembranças. Tenho consciência de todas essas coisas acontecendo ao mesmo tempo. Como qualquer uma delas pode ser um padrão, pode ser típica?

Sempre pensei que eu fosse um homem comum, mas isso é minha própria ilusão, parece. O comum é impossível. É mais realista

acreditar que somos todos excepcionais, que eu também sou singular, único, que nunca houve nem nunca haverá outro eu.
Sou um indivíduo. Sou inédito e inimaginável. Sou impossível. Eu, agora mesmo, aqui na minha casa, considerando meu futuro incerto, refletindo sobre minhas próprias experiências.
Mas e quanto a Hen? Antes de conhecê-la? Quem era eu então?

— JUNIOR?
— Ei, Junior?
— Junior, o que você está fazendo?

Eu me viro na direção deles. Hen e Terrance estão de volta do trabalho. Mas já? Eles estão de pé na cozinha, olhando para mim. Quando chegaram? Não ouvi o barulho do carro ou da porta da frente.

Oi, digo, vocês acabaram de chegar?

— O que você está fazendo?

— Você estava aí parado — diz Terrance. — Olhando para a bancada. Você está bem?

Sim, tudo bem, digo.

Talvez seja mesmo mais tarde do que eu pensava. Devo ter perdido a noção do tempo, o que acontece quando se está pensando, agindo e entendendo as coisas em um novo patamar. Usei o meu dia de forma eficiente, para melhorar, é uma sensação muito boa. Estou feliz comigo mesmo e com o que realizei em uma única tarde.

— Estou com os braços pegando fogo — diz ele. — Você não estava brincando, Junior. É um trabalho pesado o que você faz na fábrica.

Ele está arrumando o rabo de cavalo, prendendo-o de novo.

Você não estava trabalhando, estava? Você estava... fazendo o meu trabalho?

— Eles deviam estar precisando de ajuda — diz Hen. — Sabe como é quando tem pouco pessoal.

— É — diz Terrance —, porque você está fora de combate e eles não arranjaram ninguém para cobrir essas horas. Eu estava dando uma olhada por lá, aí eles disseram que podiam precisar da minha ajuda. Eu colaborei um pouco.

Não acho que ele esteja fisicamente apto para fazer o meu trabalho. Ele não aguentaria. Não por muito tempo.

O que eles deram para você fazer, exatamente?, pergunto.

— Eu tive que segurar uns sacos brancos enquanto eles os enchiam de sementes ou grãos e os empilhavam.

Hum, digo.

Hen começou a guardar os pratos que eu lavei, mas de repente ela para e sai da cozinha sem dizer nada. Eu a escuto subindo as escadas.

Então você fez o meu trabalho, digo, o ensacamento.

— Eles me pediram para voltar amanhã, para te substituir.

Eles disseram isso?, pergunto.

Sinto o meu rosto ficar vermelho.

Hen me chama do andar de cima, perguntando se eu posso ir até lá, porque ela precisa de uma ajuda.

Um segundo, peço a Terrance.

Levo mais tempo do que o habitual para subir as escadas. O problema não é só o meu ombro, mas minhas pernas. Elas estão cansadas dos exercícios desta manhã. Tenho que segurar o corrimão com meu braço bom e subir cuidadosamente, um passo de cada vez. Quando chego ao nosso quarto, sinto falta de ar. Hen está de pé junto à janela, olhando para fora. Ela me ouve chegar e vira-se para mim.

Você está bem?, pergunto.

— Estou. Eu só queria ter certeza de que *você* está bem. Estava preocupada de que poderia ficar um clima estranho lá embaixo, só vocês dois. De novo. Estou me sentindo incomodada por ele estar aqui hoje.

Está tudo bem, digo.

— Eu não sei se está.

O que quer dizer?

— Ele vai chegar aqui em cima a qualquer momento, para nos interromper.

Diga o que você tem a dizer.

— O que ele estava te perguntando agora?

Ele estava me contando sobre o dia dele. Por algum motivo, eles o colocaram para ensacar lá na fábrica.

— Mas ele provavelmente não lhe contou tudo.

O que quer dizer?

— Eu não pude falar nada para você esta manhã, mas eu o levei até a fábrica para que ele pudesse falar comigo. Estou preocupada com você. — Ela se afasta da janela e baixa a voz: — Estou me sentindo mal com o que está acontecendo aqui. Eu não disse tudo o que poderia ter dito. Eu não devo. Ele pode estar nos ouvindo agora, mas não é justo com você.

Eu me sinto muito bem, digo.

— Você não entende. Você não ouviu o que eu acabei de dizer? Você não precisa se sentar e conversar com ele o tempo todo. Isso não está certo. Não é assim que deveria ser.

É isso que estou fazendo? Estou apenas fazendo o que ele me diz para fazer?

Não é por isso que ele está aqui, digo, para coletar informações, pelo seu bem e pelo meu? E, na verdade, estou com mais energia do que o normal. Eu me sinto forte e resistente, eu sinto...

Eu me aproximo, colocando minha mão em seu quadril. Ela gira e vira-se para a janela novamente.

Eu não sei o que você quer de mim. Eu não posso simplesmente me levantar, me deitar e descansar quando quero, não é tão fácil quanto para você. Eu tenho responsabilidades. Estou de partida. Tenho muito o que fazer antes de ir.

— Então esqueça — diz ela. — Eu não sei por que me dei ao trabalho de te chamar para vir até aqui. Esqueça.

Eu vou voltar lá para baixo, então, se isso é tudo.

— Ótimo. Vá mesmo. Saia daqui. Feche a porta quando sair.

Volto à cozinha, irritado e confuso.
  O que há de errado com Hen? Do que ela estava falando? Eu detesto quando ela está assim. Quando está chateada, mas evasiva. Seja o que for o que a aflige, ela sempre quer que eu arranque isso dela, o que torna tudo pior e mais difícil. É um comportamento brutal. Infantil. Ela precisa crescer. De onde vêm essas súbitas alterações de humor? Elas se aprofundaram com o tempo, como a maioria dos maus hábitos.
  Terrance está sentado à mesa. Um guardanapo de papel foi rasgado em tiras finas. Ele o empurra para o lado quando eu me sento. Garanto que ele nos ouviu discutindo no andar de cima. Está tentando esconder o fato, agir como se estivesse apenas concentrado na sua tela, ocupado com outra coisa, mas eu posso garantir que ouviu tudo.
  — Tudo bem? — pergunta ele.
  Tudo, digo.

— Tem certeza?

Tenho. Então, o que você estava dizendo mesmo? Você estava falando alguma coisa quando eu saí. Sobre a fábrica.

— Eu ia te perguntar o que você pensa quando está lá, mas não está trabalhando.

Na fábrica, eu estou sempre trabalhando. É para isso que estou lá.

— Mas eu quero dizer durante o tempo de inatividade. Como no intervalo ou na hora do almoço. Você usa o refeitório?

Não, digo. Na verdade, não. Eu costumo ficar sozinho.

— E por que isso? — pergunta Terrance.

É mais fácil do que participar de conversa fiada.

— E no almoço? Você come sozinho também?

Geralmente como.

— E por quê? Alguma razão em particular?

As pessoas podem ser repulsivas, digo.

Ele pega a tela, liga alguma coisa, talvez um gravador.

— Como assim? — pergunta.

Eu tenho o hábito de olhar para os caras no refeitório. Fico vendo eles arrancarem nacos dos sanduíches com a boca. O pão e o recheio sendo mastigados e transformados numa pasta repugnante. O que não é engolido acaba fincado ali entre os dentes escuros e aquelas gengivas infectadas. Desculpe, mas é verdade. Não é só a comida. Eu vi um colega de trabalho dormir durante um intervalo com a boca escancarada. Fiquei enojado só de ver aquilo. Na maior parte do tempo nós não nos damos conta. E um dia comecei a pensar sobre o porquê disso enquanto observava um dos caras limpar a boca no guardanapo depois de comer e em seguida assoar o nariz no mesmo guardanapo, que ele amassou e deixou no prato. Depois o guardanapo começou a se abrir sozinho bem devagar, como se quisesse ser visto e mostrar aquela sujeira, e foi nessa hora que percebi que o que temos todos em comum, cada um de nós, é nossa própria vulgaridade inerente. Pense na cera de ouvido, nas unhas, no pus. Os caras cospem no chão e vão embora, como se nada fosse. E fazemos tudo isso automaticamente.

Paro para respirar e vejo Terrance completamente concentrado em mim.

— Você nunca mencionou nada disso antes, pelo menos não para mim — diz ele.

Não que eu tenha passado a minha vida inteira sentado e obcecado com essas coisas, digo. Estou apenas... consciente delas. No trabalho, especialmente, acontece por toda parte.

Terrance começa a digitar algo em sua tela.

Estou cansado, digo. Acho que devo me preparar para dormir.

E le a está entrevistando agora. Hen e Terrance estão falando sobre sabe-se lá o quê. Diferentemente do que fez comigo, ele não a levou para o sótão. Eles estão apenas sentados na cozinha. Eu estou na sala de estar. A conversa dos dois parece mais informal e descontraída do que nossas entrevistas.

Pensei que poderia dormir cedo, mas agora não tem como. Levanto-me da minha poltrona e ando na direção das vozes. Estou no corredor, do lado de fora da cozinha. Apuro os ouvidos. Eles estão falando em voz baixa porque sabem que estou por perto e eu disse a eles que iria tentar dormir.

Eu gostaria de poder ver Hen e Terrance conversando, ver onde eles estão sentados, como estão posicionados na mesa, mas eles interromperiam a conversa na mesma hora se eu entrasse na cozinha. Eles querem ficar a sós. Terrance está sempre tentando ficar sozinho com Hen.

— Mas algum de nós realmente tem a liberdade que acha que tem? — pergunta ela.

— Eu diria que sim — responde Terrance.

— Pense em todas as diferentes forças e pressões que desempenham um papel na forma como fazemos as coisas, em como agimos, como nos vestimos, no que pensamos. É difícil, talvez impossível, não ser influenciado por isso.

— Mas mesmo assim sabemos o que estamos fazendo — diz ele. — Podemos aceitar ou rejeitar essas forças.

Sinto um tremor no olho e pressiono a mão de leve sobre ele.

— Você sabe o que me disseram a vida toda? Que a minha origem é essa, que é isso que eu conheço, que é disso que eu gosto, que tenho a sorte de ter o que tenho. E ele sempre disse que eu odiaria a cidade, que eu me sentiria desconfortável e com medo. Isso é realmente verdade? Ou é apenas o que vivem me dizendo?

Terrance faz um som de reconhecimento, de indagação.

— Eu tenho uma fantasia — continua Hen. — Uma fantasia de descobrir por mim mesma e tomar a decisão de que chega, estou farta. Que não posso mais com isso. Que quero outra coisa. Uma coisa minha. Se eu decidir partir, entende?

Partir? O que ela quer dizer com isso? Não é ela quem vai partir. Sou eu. Ela não tem aonde ir. Minha mão ainda pressiona o olho que treme, e eu estou ouvindo atentamente.

— O que seria necessário para isso? — pergunta ele.

— Para eu partir?

— Isso.

— Seria necessário encontrar coragem para fazer algo drástico e definitivo. Minha fantasia é que, em vez de tentar explicar, listar minhas razões, racionalizar e justificar-me, eu faria o oposto.

— Qual é o oposto de se justificar? — pergunta Terrance.

— Eu simplesmente iria embora. Não explicaria nada. Não me explicar é mais forte. Por que o ônus de explicar caberia a mim?

INTRUSO

Cabe a ele tentar descobrir e entender o que aconteceu. Mas eu deixaria um bilhete. Um bilhete endereçado a ele. Mas um bilhete em branco. Não haveria nada escrito. Um bilhete que não diz nada e tudo ao mesmo tempo. O que poderia ser mais explícito do que isso? Terrance diz algo que não consigo ouvir. Entro na cozinha. Terrance se espanta quando me vê. Ele interrompe o que está prestes a dizer e me olha fixamente. Hen está vestindo uma regata preta, sentada em seu lugar habitual à mesa da cozinha. Terrance está no meu lugar, ao lado dela. Ele está vestindo meu avental de novo.

— Junior — diz ele. — Pensei que você estivesse dormindo.

Não, eu ainda não estou cansado, digo.

— Você está com fome? Eu fiz um pouco de comida.

Terrance se levanta. Eu me pergunto qual foi a pior coisa que já aconteceu com Terrance. Qual o seu maior arrependimento? Qual a maior vergonha por que passou? Qual a dor mais forte que já sentiu?

Ele caminha na minha direção e olha nos meus olhos.

— Você está um pouco vermelho — diz ele.

Ele apalpa os dois lados do meu pescoço, minhas glândulas. Recuo quando ele faz isso, não esperando que chegue tão perto, que me toque. Ele pega algum tipo de instrumento do bolso de trás e o leva até mim.

— Desculpe, só quero medir sua temperatura. Não vai demorar um segundo.

Ele insere o aparelho no meu ouvido antes que eu possa protestar. Depois tira e olha para ele.

— Normal. Nada para se preocupar. Você tem certeza de que está se sentindo bem?

Estou, melhor do que nunca.

— Excelente.

Ele apoia a mão no meu peito e a mantém ali, pressionando a minha pele.

— Seu coração também está bom — diz ele. — Forte.

Ele nunca me tocou assim antes. Estou surpreso.

— Você pode, por favor, comer alguma coisa? Eu ainda estou um pouco preocupado com o seu peso.

Agora não, digo. Talvez mais tarde, se eu me levantar à noite. Eu tenho acordado.

— Vou fazer uma comida saborosa amanhã. Hen, podemos comprar alguns mantimentos no final do seu expediente. Devo acabar na fábrica na mesma hora amanhã.

— Claro que sim — diz ela, mas olhando para mim.

Hen detesta fazer compras no supermercado.

Você vai mesmo voltar para a fábrica amanhã?

— Vou, vou sim — diz ele. — Depois Hen e eu vamos ao mercado.

Eu não posso acreditar que não tenha percebido antes. Não até agora. Isso me atinge como uma bofetada. Vejo o que ele está tentando fazer. Vejo aonde isso está levando. Eu estava desenvolvendo uma teoria, mas agora tenho certeza. Entendo por que ele está aqui, morando conosco, observando, fazendo tantas perguntas. Faz muito mais sentido do que o que ele vem nos dizendo desde o começo. Ele estava mentindo para mim, para nós, esse tempo todo.

É ele. É Terrance. Claro. Ele é o único que vai ficar aqui, morando aqui com minha mulher quando eu for embora. É isso o que ele quer.

É ele. Terrance é o meu substituto.

T errance subiu para o quarto. Hen e eu estamos sozinhos na cozinha. Agora é o momento em que posso contar a ela o que realmente está acontecendo, mas preciso ter cuidado. Não quero preocupá-la, nem deixá-la ansiosa.

Então vocês dois tiveram uma boa conversa? Foi interessante? Vocês se entenderam?

— Estou cansada — diz ela.

Por que você acha que ele foi tão insistente em levá-la às compras?, pergunto. Em ir de carro com você ao trabalho? Em ficar com você o tempo todo?

Ela sacode a cabeça devagar. Está mesmo cansada. Noto pelos ombros caídos.

— Como eu saberia por que ele faz alguma coisa? Por favor, não me pressione com essas coisas.

Não é estranho o quanto ele quer ajudar aqui? Ele não é nosso convidado.

— Ele é sim.

Foi você que me disse para ser mais consciente e assertivo, não fazer tudo o que ele me diz. Nós nunca o convidamos. Nós não o conhecemos.

— Acho que ele quer ajudar.

Você acha que ele só quer ajudar? Você não acredita nisso. Eu posso afirmar só pelo jeito como você falou.

— É possível que ele esteja se exibindo um pouco, tentando impressionar.

Ele, se exibindo? Porque pode levar você numas comprinhas de supermercado?

Hen esfrega os olhos. Ela está exasperada.

— Escuta aqui. O que você acha que está acontecendo?

Eu tenho medo de falar em voz alta. Ainda não estou preparado para contar a ela sobre Terrance e o real motivo de sua presença em nossa casa.

Eu só acho muito estranho querer levar a esposa de alguém ao supermercado, passar o tempo todo com ela. Você vai?

— Eu já disse que vou. Você está fazendo uma tempestade em copo d'água, Junior.

Você acha que ele está nos dizendo a verdade?, pergunto. Em relação a tudo?

Ela passa a mão pelo cabelo.

— Tanto quanto ele pode, sim.

Então você concorda que pode haver algo que ele está escondendo de nós? Alguma coisa que não está nos dizendo?

— Eu gostaria que você parasse de se preocupar tanto com ele. Você está ficando estressado.

Eu não estou ficando estressado, digo. Estou é começando a entender.

— Erga os braços assim — diz Terrance, esticando os braços acima da cabeça para demonstrar.

Deixei Hen sentada à mesa da cozinha. Terrance me ligou lá de cima e estou de volta ao sótão sufocante. Quero contestar o pedido, dizer-lhe que não, resistir, mas, outra vez, obedeço e faço o que ele quer. É ridículo.

— Eu tenho mais alguns sensores minúsculos para instalar em você.

Por quê?

— Quanto mais dados nós...

Sim, sim, sempre mais dados, digo. Isso tudo é para o substituto?

— Isso tudo é para Hen, Junior. Lembre-se disso. Queremos que o substituto seja tão autêntico e real quanto possível. Isso, bem aqui — diz, pressionando um sensor na minha axila esquerda. — E mais outro aqui.

Ele prende outro na minha axila direita. Este me aperta e eu recuo.

Merda, digo.

— Opa, desculpe. Pronto. Agora está bom — diz ele. — Sente-se. Você está se sentindo bem, relaxado, tranquilo?

Está tarde, mais tarde do que em qualquer outra entrevista que tivemos.

Não consigo ver nada aqui, digo. É inquietante.

— Basta fechar os olhos, se preferir.

Terrance dá uns passos atrás de mim. Eu o ouço se sentar em sua cadeira.

— É melhor assim. Concentre-se apenas na sua frente. Como está se sentindo?

Bem, lúcido, digo. Forte, produtivo. Eu tenho um foco. Sei das coisas agora.

Ele digita em sua tela.

Eu estive pensando, digo. Não sei como isso vai funcionar. Eu tenho me sentido diferente ultimamente, tenho me sentido único, especial.

— Interessante. Você se sentia comum antes, pelo que sei. Na sua opinião, essa mudança tem a ver com o quê?

Comigo, digo. Tem a ver comigo.

Tem a ver com você também, penso, mas não revelo a ele. Ainda não.

Eu estou mais consciente de mim mesmo. Por causa da situação. Agora que eu sei que estou de partida, vejo as coisas de maneira diferente. Reparo em pequenas coisas que me passavam despercebidas antes.

— Como o quê?

Como o brilho do sol no telhado do nosso velho celeiro. Eu o vi esta manhã e fiquei lá, olhando para ele. Achei emocionante. Era lindo, era mesmo. Eu normalmente não penso se uma paisagem é bonita ou não, mas não consegui controlar esse sentimento. Eu vi e reconheci que aquilo era lindo. Mas você sabe o que mais? Fiquei triste.

— Triste? — Ele continua digitando. Está tentando fazer isso em silêncio, mas eu posso ouvi-lo. — Por quê?

Eu não sei. Não faço ideia.

— Porque a beleza é passageira, talvez?

Não, digo. É justamente o contrário. A beleza não é passageira. A beleza é eterna. Mas... eu não sou. Eu sou efêmero. Esse é o problema.

Sua digitação para abruptamente.

— Um pensamento profundo. Você parece mais consciente e introspectivo do que quando cheguei aqui. Isso me faz pensar em Baudelaire: "É-me difícil conceber um tipo de beleza em que não haja melancolia."

Decido então falar, para me aproximar mais do que sei ser a verdade.

Eu não posso ser substituído, digo. Na verdade, não. Seja o que for, não importa o quanto se pareça comigo, o quanto soe como eu. Seja o que for, não será eu.

— Não há nada de errado na autoconfiança, Junior, na crença em si mesmo. Isso é saudável. Nós encorajamos muito. Isso não afeta a nossa iniciativa.

Não se trata de autoconfiança ou crença em mim mesmo. É um despertar, um novo estado de alerta, um conhecimento. Eu não sou como os outros. Sempre pensei que fosse, mas não sou. Vocês não podem me replicar. Eu só fui entender isso...

— Na verdade, Junior, desculpe-me por interrompê-lo, mas eu estava esperando que a nossa conversa de hoje se concentrasse um pouco mais em você e Henrietta. Como vocês estão enquanto um casal? Eu ando percebendo... espero não estar sendo inconveniente, mas andei percebendo uma ligeira tensão, estou correto?

Eu me endireito no lugar.

Entre nós?

— Sim. Estou curioso, só isso. Com tudo o que está acontecendo. Vocês estão conversando muito? Eu posso estar errado, claro, mas como é o clima entre vocês dois? Não me parece que conversem tanto ou passem muito tempo juntos ultimamente.

Você está errado. O clima está bom. Está tudo bem. Estamos bem, digo. É minha responsabilidade garantir que estejamos bem. Cabe a mim.

— Isso é bom. Eu não me importo de estar errado quanto a isso. Ela tem dormido bem?

Pelo que sei, sim.

Eu não gosto dessa conversa. Não gosto que fique perguntando sobre Hen.

— Ótimo. E vocês compartilham tudo? Você sempre sabe o que está acontecendo com ela, como ela está se sentindo?

Por quê?

Terrance começou a digitar novamente, posso ouvir seus dedos tocando a tela.

Por que você está fazendo essa pergunta?

— Estou interessado no relacionamento de vocês e em como interagem e se comunicam. Grande parte de um relacionamento depende de uma comunicação aberta e franca. Quero que você me conte especificamente sobre Hen.

Eu não posso evitar. Minha frequência cardíaca aumentou novamente.

Quero perguntar a ele o que está acontecendo, exigir que ele me diga. Dizer-lhe para ir embora da minha casa. Dizer-lhe que não tem o direito de estar aqui.

— Ela te diz do que gosta?

Quem?

— Sua esposa, Junior.

Do que ela gosta de comer?

— Não é bem isso, Junior. — Ele ri. — Quais são as preferências dela na cama, entende? Ela te diz, ou você faz o que ela gosta intuitivamente?

Limpo o suor da minha testa e do pescoço.

O que você disse?

— Junior. Não fique tão tenso. É mera curiosidade minha.

Isso é nossa privacidade. Você não tem o direito de perguntar essas coisas. Esse assunto é entre mim e Hen. O que faz você pensar que pode me perguntar uma coisa dessa? O que faz você pensar que é...

— Tudo bem, tudo bem. Relaxe — diz bruscamente. — Eu tenho algo para colocar em seu pulso. No seu braço bom.

Colocar o quê? O que é isso?

— Ajuda a equilibrar a hidratação. Não podemos te deixar desidratado. Estenda a mão assim.

Ele demonstra com o próprio braço, mantendo-o paralelo ao chão.

— Por favor — diz ele. — Agora.

Ele ergue uma espécie de braçadeira metálica e prende-a em torno do meu pulso. Prende apertado. Na lateral há só um ilhós, onde outra coisa poderia ser colocada.

— Pronto — diz ele. — Você está liberado.

Olho para aquela braçadeira brilhante e nova. Nunca foi usada. O metal está frio. Por alguma razão que eu não saberia explicar, a sensação é boa.

E u preciso de um banho, urgentemente. Estou gordurento e desgrenhado. Nunca me senti tão irritado, tão desrespeitado. Esse sentimento tem crescido desde que Terrance entrou em nossas vidas e se tornou uma preocupação constante desde que Hen sugeriu que eu não deveria fazer tudo o que esse homem dissesse. Por que permito que ele me controle? Eu ainda estou na minha casa. Não saí daqui, não fui a lugar algum ainda. Eu deveria ter percebido isso antes. Agora é tudo que posso perceber. Hen tem tentado me dizer alguma coisa. Eu sei disso. Eu sei que há mais coisas que ela quer me contar, mas não vai fazê-lo. Ou não pode fazê-lo. Eu entendo mais e mais a cada dia. A cada hora. A cada minuto.

"Isso tudo é para Hen, Junior. Lembre-se disso. Queremos que o substituto seja tão autêntico e real quanto possível", disse ele.

O meu suor escorre. Estou no banheiro, tentando organizar meus pensamentos, entender o que está acontecendo e o que posso fazer, que medidas posso tomar. Não tenho certeza se devemos passar mais uma noite nesta casa com Terrance. Ele é uma ameaça. Ele é nosso inimigo.

Mas se formos embora, o que acontece? Ele nos seguiria? Provavelmente, sim. Ele nos seguiria assim como fui seguido naquele dia em que saí para o campo e encontrei um celeiro pegando fogo. Ele nos encontraria. Eles nos encontrariam. A OuterMore. O que quer que seja. Não, não podemos sair daqui. Isso só pioraria as coisas.

"Ela te diz do que gosta?", disse ele.

Eu preciso pensar. Ou preciso parar de pensar. Não sei direito o que é melhor. Quero esquecer essas entrevistas. Esquecer Terrance. Tentar dormir. Reavaliar tudo amanhã de manhã. Abro a torneira de água quente e tiro as poucas roupas que estou usando.

Não entro de imediato no chuveiro. Estou nu na frente do espelho. Ergo meu braço bom acima da cabeça e flexiono o bíceps. Esforço-me para me manter na postura. Flexiono o abdômen o máximo que posso. Viro-me de um lado para o outro, examinando os músculos oblíquos.

"Você está liberado", disse ele.

Limpo a condensação que embaçou o vidro. Meu rosto está agora a poucos centímetros do espelho. Inflo minhas narinas e arregalo os olhos até não poder mais. Sou uma pessoa imperfeita e repulsiva como qualquer outra. Fragmentado e falho. Claro que sou. Como pude chegar a pensar que sou diferente?

Mantenho os olhos arregalados até começarem a doer. Fico assim por mais um tempo. Fico assim até começar a lacrimejar.

Terrance quer saber demais. Ele quer saber tudo sobre mim. Ele nunca saberá tudo sobre mim. Eu fiz bem para Hen. Como teria sido a vida dela se nunca tivéssemos nos conhecido? Eu poderia ter outras se quisesse. Eu não me importo se nós brigamos. Esta é a vida dela. É aqui que ela mora. Comigo. Claro que ela escolheu esta vida. Ela me escolheu. O que significa que ela é feliz. Do jeito como as coisas são.

O vidro embaçou novamente. Uso o dedo indicador para desenhar a figura de um besouro no espelho. Desenho lentamente, minha mão rangendo na superfície molhada. Eu sei o que Terrance está planejando quando ele me mandar embora para a Instalação, quando ele assumir o comando da minha vida. Ele quer se mudar do quarto de hóspedes para o meu quarto. Ele quer me conhecer para que ele possa ser eu. Mas isso nunca vai acontecer. Ele nunca será eu.

Entro no chuveiro e ergo meu rosto para a água.

Mesmo com o chuveiro aberto, posso ouvir conversas no quarto de Terrance. O quarto dele fica bem ao lado. É a voz de Hen. Ela está lá agora com ele. Não consigo decifrar o que estão falando. Eu me aproximo da parede de azulejos, mas ainda assim não consigo ouvir melhor. Do que estão falando? Abro mais a torneira de água quente, até que esteja quase queimando. De mim. Tenho certeza de que eles estão falando de mim. Eles são obcecados por mim.

Quando eu não aguento mais, fecho a torneira e saio. Fico sobre o tapete para secar. Seco com cuidado o meu ombro ruim. Meu ombro ruim. A razão pela qual eu não posso dormir na minha cama com a minha mulher. A razão pela qual tenho que dormir sentado sozinho lá embaixo. A razão pela qual é tão fácil para Terrance interpor-se e aproximar-se cada vez mais de Hen.

Eu me viro na frente do espelho para poder inspecionar meu ombro. Eu não sei por quê, mas nunca o olhei desde o acidente. Por que nunca me ocorreu examiná-lo? Há um curativo, o mesmo que está aqui desde o acidente. Não foi trocado.

Pego a fita que prende o curativo e vou puxando aos poucos. Lentamente, removo todos os quatro pedaços de fita e deixo a cobertura do curativo cair no chão. Passo a mão pela pele. Está lisa. Não há cicatriz alguma no meu ombro. Nenhuma indicação de qualquer lesão. Minha pele está sem mácula. Sem pontos. Sem marca alguma.

Foi Terrance quem disse isso. Eu sei que foi ele. No dia em que acordei depois do acidente. Ele me disse que o médico havia feito um "pequeno procedimento". Que tipo de procedimento? Mesmo o menos grave não deixaria algum tipo de cicatriz? Se não houve corte, por que fazer curativo?

Há uma batida na porta. Piso no curativo no chão.

Quem é?, pergunto.

— Sou eu — diz Hen. Ela abre um pouco a porta. — Você acabou? Está há um tempão no banheiro.

Eu estava tomando banho, digo. Você está indo dormir?

— Estou — diz ela. — Venha me dar boa-noite antes de descer.

Claro, digo. Pode deixar.

Fecho a porta atrás dela. Em seguida, volto ao espelho e fico lá por um tempo, olhando o meu ombro, minhas costas, meu pescoço, meus braços. Os sensores que ele instalou para coletar dados ainda estão intactos.

Eu não sei por quanto tempo fico ali. Até ter visto o suficiente. Até secar-me completa e naturalmente. Minha toalha está intocada no gancho atrás da porta.

Quando abro a porta do quarto de Hen, a porta do nosso quarto, ela está deitada na cama. Depois se levanta sem dizer nada, fecha a porta atrás de mim, pega a minha mão e me leva para a cama. Ela tira a minha camisa e a deixa cair no chão. Tira o meu short e me deita na cama. Tira a sua blusa e depois o short. Abaixa a calcinha e a deixa despencar até os tornozelos, retirando os pés devagar.

Ela deita na cama comigo e vem para cima de mim. Fica sentada de pernas abertas e, com a mão entre as pernas, orienta-se para mim. Ela se inclina para a frente, agarra meus pulsos, direcionando minhas mãos, colocando-as em suas costas. Tento tocar seu rosto, mas ela afasta minhas mãos, colocando-as de volta onde ela as queria. Ela curva-se para a frente, apoiando a cabeça no colchão, ao lado da minha. Suas mãos abertas estão encostadas na parede acima da cama. Ela está gemendo. Eu também.

Ficamos assim até ela acabar e rolar para o lado, respirando pesadamente. Nós não nos beijamos.

Ela fica deitada de costas, olhando para o teto.

— Por que as pessoas ficam juntas? — pergunta alguns minutos depois.

Nos relacionamentos longos?, pergunto.

— Nos casamentos — diz ela.

Porque elas se amam, digo. Estão comprometidas uma com a outra. Dependem uma da outra. Há conforto, segurança.

— Não. Elas ficam juntas porque é o esperado, porque é o que sabem. Elas tentam fazer com que dê certo, tentam suportar e acabam vivendo sob algum tipo de anestesia espiritual. Elas continuam, mas estão entorpecidas. E quanto mais eu penso, mais acho que não há nada pior do que viver a vida desse jeito. Distantes, mas juntos. É imoral.

Eu não estou entorpecido, penso. Não estou distante.

O casamento é difícil, digo. Viver com outra pessoa durante anos exige trabalho e esforço. Não se pode simplesmente desistir numa fase ruim.

Ela se vira para o outro lado.

— Eu sei que você acha que o que está dizendo faz sentido. E pode fazer, em tese. Mas eu não estou falando de desistir numa fase ruim. Estou falando de sobrevivência forçada quando as coisas já estão estragadas.

Quando as coisas já estão estragadas, repito em minha mente.

Eu espero que você não esteja insinuando que as coisas estão estragadas entre nós, digo. Espero mesmo. Veja o que acabamos de fazer. Você gostou, não gostou?

Ela toca o meu braço.

— Você não precisa se preocupar com isso. Foi bom. Serviu ao seu propósito.

Hen, nestes últimos dias eu tenho sentido algo real por você. Algo novo e incrível. Eu não saberia descrever.

Ela coloca a mão no meu peito.

— Tente — diz ela. — Como se sente?

Há tantas coisas, Hen, tantas coisas: objetos, coisas e tantas pessoas. Basta pensar nos campos de canola, todas aquelas flores e tudo o que vive lá. Os grãos na fábrica. Pense na cidade, em tudo que existe lá, lojas, apartamentos e automóveis. Pense em todas as telas que as pessoas têm. Há demais de quase tudo, qualquer objeto que você possa pensar. Há apenas uma de você e isso é milagroso.

Ela não diz nada, mas se aproxima de mim, abraçando minha cintura. Ela se inclina e beija meu peito nu. Fica assim, aninhada em mim. Fecho os olhos. Quero me lembrar desse momento quando eu for embora.

— Eu tive um pesadelo na noite passada — diz ela vários minutos depois. — Parecia tão real. Este foi especialmente ruim, me deixou apavorada desde o começo. Eu tinha noção de que era um sonho. Eu estava sonhando lucidamente, poderia fazer o que quisesse, poderia controlá-lo, supostamente. Mas não melhorou. Eu estava numa espécie de salão. Podia ver todas as paredes, estava ciente do seu tamanho, mas também sabia que o espaço continuava para sempre. O espaço era ilimitado, mas eu não conseguia ir a outro lugar, sair dali.

Parece horrível, digo.

— E a pior parte... quero que você entenda, eu não estava sozinha. Essa é a pior parte: eu não estava sozinha.

Eles estão na cama, dormindo. Hen e Terrance. Eu também deveria estar. Não sei que horas são, mas é tarde. Madrugada. Ainda não estou cansado. A casa está calma. Não silenciosa. O que aprendi aqui, sentado a noite inteira, é que nenhuma casa, mesmo a essa hora, está sempre em silêncio, não se você está realmente atento.

Vejo tudo de forma mais clara agora, sentado aqui no escuro, porque minha mente está afiada. Estou cada vez mais sentindo como é o meu verdadeiro eu, a cada hora que passa, o tempo todo entendendo coisas sobre quem eu sou, coisas que estava negligenciando.

Os comentários de Hen sobre casamento fizeram minha mente disparar. Ela me contou como está se sentindo, suas preocupações, mas algo em mim sabe que Hen e eu somos uma equipe. Somos melhores um por causa do outro, apesar do que ela disse. Isso é um casamento. Eu deveria ter me expressado de forma mais clara quando ela falou sobre isso. Nós temos papéis diferentes, pontos fortes diferentes, mas confiamos um no outro. Eu posso fazer o que faço porque sei que ela sempre me apoiará. Nós precisamos um do outro.

Eu sou o barco, cortando as ondas. Hen é a âncora. Hen é minha âncora. Minha força estabilizadora.

Empurro minha poltrona reclinável para trás e a viro para o outro lado, de frente para a parede. Prefiro assim. Se alguém entrar na sala agora, não verá meu rosto de imediato, não saberá se estou franzindo a testa ou sorrindo, não saberá se meus olhos estão abertos ou fechados. Terá que vir até aqui, até o canto mais distante da sala, para me ver. Terrance, quero dizer. Terrance não será capaz de ver minha expressão. Não imediatamente.

O que é um barco sem âncora? Ele ficará à deriva e se desviará do curso. Em algum momento, se perderá no mar. Eu deveria ter dito isso a ela também, quando estávamos na cama. Isso a faria se sentir muito melhor. Estou certo disso. Faria com que se lembrasse do nosso vínculo.

Minha teoria na verdade não é mais uma teoria. Uma teoria é incerta, enquanto o que descobri tem que ser verdade. Eu entendo, agora. Pretendo prová-lo. Terrance não é nosso amigo. Nunca foi.

Devo contar a Hen ou não? Fico imaginando se ela sabe. Quanto mais certeza tenho de que ele é uma ameaça, menos quero contar a ela. Isso vai assustá-la, aborrecê-la, o que é a última coisa que desejo. Ela não vai conseguir dormir. Ela vai se preocupar.

Eu não vou contar. Para o seu próprio bem. O que ela não souber não poderá afetá-la.

Terrance quer o que é meu. É por isso que está morando no segundo andar, enquanto eu estou aqui embaixo. Por isso que está preparando nossas refeições, comprando nossa comida. Por isso está indo para o meu trabalho. Por isso está estudando tudo sobre mim. Ele quer a minha mulher. Ele quer a minha vida.

Eu não posso deixar que isso aconteça. Eu não vou deixar.

O que é um barco sem âncora?

— Junior. Acorde, Junior. Está na hora. Vamos. Acorde.
Abro os olhos. É de manhã. Está cedo. Ainda está meio escuro.

Terrance está de pé ao meu lado. Ele não está sorrindo. Eu estou de peito nu. Há um sensor com ventosas preso no meu peito. O que é isso? O que botaram em mim?

— Junior. Você está me ouvindo? O que está fazendo? Anda, vamos.

Ele está diferente. Mas o que é isso? Ele não está de terno. É isso. Está de bermuda e camisa de mangas curtas. Espere aí. É a minha camisa. Ele está vestindo a *minha* camisa. A bermuda também é minha.

O que você está fazendo?, pergunto.

Ele junta as mãos.

— Junior, a manhã está quase acabando. Você precisa se levantar agora. Você não pode passar os últimos dias dormindo.

Por que você está vestido com as minhas roupas?

— Quê? Estas roupas? Está quente. Eu estava sentindo muito calor com minhas próprias roupas. Hen sugeriu que eu pegasse emprestado as suas. Ela disse que você não se importaria, disse que você mesmo ofereceria, se estivesse acordado. Agora vamos. Levanta daí.

Ele se inclina e, com as mãos sob os meus braços, me ajuda a levantar. Minhas pernas tremem e levo um tempo para me estabilizar.

— Você disse que teria um dia ocupado aqui, e também estou saindo agora — diz ele por cima do ombro enquanto se afasta. — Tem café da manhã para você em cima do fogão. Não se esqueça de comer. Tome seus comprimidos.

E Hen, digo.

Eu me lembro da noite passada. Lembro do que tenho que fazer, de onde meu foco deve estar.

Cadê ela?, pergunto.

— Ela já está no carro. E eu estou de saída.

Ele se dirige até a porta da frente e sai de casa. Fico ali só assistindo.

Vou até a janela e olho lá para fora. Ele entra no carro, ao lado de Hen. Um minuto depois, vejo os dois partirem sem mim.

E u não sou do tipo destrutivo, mas preciso fazer isso. As coisas estão além do meu controle e tenho que fazer o possível para reafirmar alguma autoridade. É por necessidade. Por Hen.

Ele quer que eu coma, então não vou comer. Ele quer que eu tome meus comprimidos, então não vou tomar. Ele espera que eu faça apenas tudo o que me diz, mas não vou fazer. Não farei mais o que ele quer.

Levou algum tempo para entender tudo, mas agora sei o que tenho que fazer para alterar o equilíbrio de forças. Tenho que preparar tudo antes que eles voltem para casa. Levo algum tempo olhando pela casa, pensando, verificando ângulos. Depois escolho o local preciso. Este é o mais satisfatório. Descobrirei mais daqui do que de qualquer outro lugar. É disso que se trata: virar o jogo, aprender, observar. É preciso nivelar o campo. Por que eu não deveria ser capaz de observar o que ele faz comigo? Esta é a minha casa. Esta é a minha vida.

Não haverá uma segunda oportunidade. Eu não posso estragar nada, não posso errar. Meça duas vezes, corte uma vez. Não se trata apenas de o que poderei ver. Trata-se de não chamar atenção. Saio do banheiro e volto para o quarto de Terrance. Olho para a parede. Escolho o local onde vou colocar. Eu o meço e marco. Depois entro no banheiro, que fica do outro lado da parede. É perfeito: um ponto entre duas rachaduras. Impossível notar. Não dá para ver, a menos que se esteja procurando, o que ele não fará.

Pego minha furadeira e a levo para o banheiro. Estou nervoso, ansioso para começar o que farei agora. Abro o chuveiro para o caso de alguém chegar em casa e me perguntar por que estou aqui. Vai parecer como se eu estivesse lavando o rosto, fazendo a barba ou tomando banho. Todas as coisas perfeitamente normais de se fazer no banheiro.

Levo a furadeira até o ponto na parede onde quero abrir um buraco. Fica bem atrás do vaso sanitário, um pouco para cima. O ponto perfeito. O vapor do chuveiro já está tomando conta do banheiro. Eu trouxe três brocas comigo. Usarei a menor primeiro. Posso aumentar o furo depois, se for necessário. Tiro a broca do bolso da camisa. Minhas mãos estão trêmulas. Deixo a broca cair antes de estar fixada.

Não sei por que estou tão ansioso. Eu não deveria estar nervoso. Estou na minha casa. Esta é a minha furadeira. Tudo isso é meu. Será um buraco pequeno, quase invisível. Não há problema.

Seco as mãos na calça e respiro fundo. Aperto levemente o gatilho, mal disparando. O motor geme. Atravesso a parede facilmente. Não forço muito. Não preciso me apressar. Demora mais do que eu pensava, mas sinto a parede ceder. Retiro a furadeira e sopro no buraco. Aproximo mais meu rosto e olho pelo furo. Não é grande, mas servirá.

INTRUSO

É incrível o quanto se pode ver por um buraco tão pequeno. Posso ver a cama dele. Posso ver seus travesseiros. Posso ver uma das malas. Finalmente, uma mudança no equilíbrio do poder.

Oi, digo. Bem-vinda ao lar.
Hen acaba de entrar. Ela parece exausta. Terrance ainda está no carro. Ela interrompe o passo quando falo e olha para mim.
— O que você está fazendo? — pergunta, perscrutando meu rosto.
Eu estava esperando por você, respondo. É bom te ver. Fico feliz que esteja em casa.
Vou até ela, me inclino e a beijo no rosto.
Você é minha âncora, penso. A estabilidade e garantia de que preciso para ser eu mesmo.
— Junior? Está tudo bem? Você está meio estranho — diz ela.
Terrance passa pela porta. Ele está usando meu colete de trabalho, o que costumo deixar na fábrica. Ele olha de Hen para mim.
— Junior? — diz ele. — Como foi o seu dia? Está tudo bem?
Está tudo bem, claro, digo. Estou bem.

— Aqui, tome esses — diz ele, entregando-me mais dois comprimidos de um frasco que ele retira do bolso.

Posso senti-los na palma da minha mão. Não digo uma palavra, só os jogo direto na boca. Ele espera, me observando até achar que os engoli.

— Bom — diz ele. — Se você não se importa, eu tenho muito o que fazer hoje à noite, então vou subir agora. Eu gostaria de entrevistar Hen um pouco também. Tudo bem se você jantar sozinho?

Claro, digo. Estamos acostumados a jantar sozinhos.

Ele já está na metade da escada quando se vira e pergunta novamente:

— Tem certeza de que está tudo bem, Junior?

Estou bem, digo. Tudo normal.

Antes que eu possa dizer qualquer outra coisa, Hen segue atrás dele e desaparece também.

É precisamente por isso que fiz aquele buraco. Por um momento como esse. Quando ele está no quarto e pensa que estou alheio. Quando ele pensa que está no controle.

Subo as escadas com calma. Entro furtivamente no banheiro e fecho a porta. Sento-me no vaso sanitário fechado e me inclino até o pequeno buraco na parede.

Eles estão sentados, um em frente ao outro. Olhando um para o outro. Cara a cara. O quarto não está na escuridão. Há luz. Terrance está sentado na cama. Hen, na cadeira da escrivaninha que ele aproximou. Ele está mais perto dela do que jamais esteve em nossas entrevistas. De frente para ela. Ele nunca fica cara a cara comigo. Eu posso ouvi-los, mas não entendo direito o que dizem.

Agora ela está falando muito. Ele está digitando numa tela em seu colo e gesticula de vez em quando. Duas vezes ele segura a tela na direção dela, como se estivesse fazendo as mesmas medições que fez comigo.

O sensor posicionado na minha nuca está formigando. Comecei a sentir isso hoje de manhã, mas não quis dar importância. A sensação de calor, como se o sensor estivesse vibrando baixinho, está aumentando. Descubro que coçar ajuda. Coçar a pele e o próprio sensor. Estou coçando agora enquanto vejo os dois, aquele desconhecido sentado na frente da minha mulher. É difícil dizer onde minha pele acaba e o sensor começa.

Duvido que Hen tenha a noção exata do que está acontecendo, da gravidade das mentiras dele. Mentir não é da natureza de Hen, especialmente mentir para mim. Mas seja o que for que estão conversando, ela tem muito a dizer. Ele está concordando. É possível que ela tenha começado a suspeitar de algo também. Ela pode até estar intuindo que descobri os embustes de Terrance e estou de olho nele agora, cuidando dela, protegendo-a.

Fiz questão de fingir que engoli os comprimidos que ele me deu, mas os joguei fora assim que ele subiu as escadas. Seus remédios não estão ajudando. Estão me fazendo mal. Não são analgésicos. Não acredito mais nisso. Acho que eles estão afetando os meus pensamentos. Acho que estão programados para limitar meu raciocínio, deixar-me mais vulnerável, mais maleável, mais obediente. Essas drogas estão enfraquecendo e desacelerando a minha mente, entorpecendo minha intuição. Ele não quer que eu descubra o que está acontecendo.

Ela aponta para a tela. Ele assente. Minha cabeça parece pesada. Ele deixa a tela de lado e se desloca para a frente em sua cadeira.

Ele se inclina na direção dela. Em seguida, põe a mão na perna de Hen.

Eu não consigo mais ver isso. Ela é minha mulher. Ele está tocando nela. Essa história já foi longe demais. Eu tenho que agir. Antes que seja tarde.

Eu me levanto e saio correndo do banheiro. Atravesso a porta e entro no quarto.

P are, digo.
Eles se viram e olham para mim.
— Junior! — diz Hen.
Ela parece mais surpresa do que Terrance. Há lágrimas em seus olhos que eu não pude ver pelo buraco no banheiro.
Eu te vi, digo. Eu o vi. Eu sei o que você está tentando fazer.
Aponto um dedo trêmulo para Terrance.
Isso não está nada bom. Você está indo...
Eu quero dizer "longe demais", mas não consigo enunciar nada. Sinto um nó no estômago.
— Você não está muito bem, Junior — diz Terrance.
Você é um mentiroso, digo.
Minhas pernas estão fracas, tremem. Tem algo errado. Eu não me sinto bem.
— Vamos conversar e esclarecer — diz ele. — Mas agora você precisa se acalmar.

Não!

Tento dar outro passo em direção a Terrance, mas tropeço e preciso me apoiar na parede. Hen leva a mão ao rosto. Terrance aproxima-se de mim com cautela.

— Esses comprimidos no seu organismo — diz ele. — Estão te deixando lento.

Analgésicos, digo. Você disse que eram analgésicos.

Ele pega a tela, digita alguma coisa e depois tira uma foto.

— Junior, por favor — diz Hen.

Eu não vou esperar até sexta-feira, digo.

Minha fala está saindo mais devagar do que eu quero.

Eu não me importo mais. Eu não farei isso. Você disse sexta-feira, mas eu não vou deixar isso acontecer. Eu não vou para a... Instalação.

Olho para Hen. Ela não parece assustada ou zangada, mas preocupada.

— Você não precisa se preocupar com isso — diz ele, colocando a tela na cama. — Está na hora de eu contar a você. Não há sexta-feira. E não há Instalação. Pelo menos não para você, Junior.

É a última coisa que ouço antes de cair no chão.

ATO TRÊS

PARTIDA

Estou sentado na minha poltrona, mas não sei como cheguei aqui. A poltrona foi devolvida a sua posição original. Não estou mais de frente para a parede. Terrance está de terno novamente.

Começo a lembrar. O buraco que abri no banheiro para espionar. Eu, tomando uma posição afinal. Por mim. Por Hen.

— Sinto muito por isso. Eu sei que você deve estar se sentindo... doente, lento, confuso.

Ele está enganado. Não é assim que me sinto. De jeito nenhum. Posso sentir o meu coração. Estou vivo. Isso é o que estou sentindo. Estou me sentindo vivo.

— Chegou a hora, Junior. Lamento não ter sido completamente franco com você. Nada na vida é aleatório ou acidental. Tudo isso foi meticulosamente planejado e organizado para você. Você passou no teste.

Abro os olhos e pisco. Leva um tempo para eu voltar a enxergar. Tento mexer a cabeça, mas não consigo. Eu quero Hen. Eu sei que ela está aqui, mas não consigo vê-la. Onde ela está?

— Em prol dos seus interesses, do seu bem-estar, foram essas as prioridades desde o início. Você se saiu muito bem. Foi incrível. Você é incrível.

Que porra é essa? Meus olhos estão se adaptando ao ambiente. Está escuro lá fora, mas há vários refletores na frente da casa, brilhando através das janelas. Há câmeras por toda a sala, várias instaladas em tripés. Estão todas apontadas para mim.

Só quando tento mexer os braços é que percebo que minhas mãos estão amarradas. A braçadeira de metal que Terrance havia colocado no meu pulso agora está presa por uma corrente a uma segunda braçadeira metálica, colocada no meu outro pulso. Horrorizado, eu descubro, descendo o olhar, outra corrente presa ao que parecem tornozeleiras. Estou subjugado. Sou um prisioneiro na minha própria casa.

Minha esposa, digo. Cadê a Hen?

— Calma, tudo bem. Não se preocupe. Estamos aqui.

Uso toda a força que tenho para erguer minhas mãos. Elas estão inacreditavelmente pesadas.

— Havia outras possibilidades de como isso iria acontecer, mas no final percebemos que faria mais sentido para você ser informado neste exato momento e ver o fim por si mesmo. Considerando o quão longe nós chegamos, acho justo. E é útil para nós também, e para a nossa pesquisa. Nossa pesquisa é a parte mais importante de todo esse empreendimento. Precisamos estabelecer probabilidades objetivas para futuras iniciativas.

Eu já sei, digo, eu descobri.

Minha voz soa rouca, fraca.

Tudo isso, digo. Eu sei o que você está fazendo.

— Sabe mesmo? — pergunta Terrance.

Você não queria que eu soubesse, mas sou mais inteligente do que você supõe, eu entendi tudo.

Ele sorri.
— Sim, acredito que você seja mais inteligente do que eu suponho. Mas não estou convencido de que você tenha entendido nada. Quem sou eu, Junior? Me diga.

O substituto, digo. Você é o meu substituto. Quando eu for embora, você tomará o meu lugar. Você quer ficar aqui com Hen.

— Então você acha que eu sou o seu substituto — diz ele para o microfone em sua tela.

Eu o odeio. Eu odeio tudo nesse cara. Ele está gravando tudo o que digo.

Cadê Hen?, pergunto. Hen precisa ouvir isso também. Ela precisa saber.

— Ela está bem aqui.

Ele aponta por cima do ombro. Tento olhar além dele e nesse instante vejo uma pequena figura sentada em uma cadeira. É Hen.

— Viu? Ela está aqui. Ela estava nisso o tempo todo, Junior. Ela sabe de tudo.

Hen! Não se preocupe, Hen, digo. Eu não vou deixar nada de ruim acontecer. Eu não vou a lugar algum. Eu prometo. Hen? O que há de errado?

Ela está encolhida na cadeira, com os braços cruzados. Por que ela não vem ficar ao meu lado? Eles também a acorrentaram?

— Eu sinto muito — diz ela baixinho, levando as mãos até o rosto.

Posso ver então que não está acorrentada. Ela está livre para se levantar, se quiser. Ela está me evitando de propósito.

É isso então? Isso é tudo que ela tem a dizer? Só isso?

Olho para Terrance novamente.

Você está mentindo! Quando você me levar embora, você assumirá o meu lugar, a minha vida. Mas ainda não terminei. Eu não estou pronto para ir. Eu não vou deixar isso acontecer! Tire isso de mim. Eu não sou seu prisioneiro, porra. Você não pode fazer isso!

Quando Terrance fala, ele está completamente calmo.

— Você pode dizer o que está sentindo agora, Junior? Descreva. Fisicamente, quero dizer. Como está a sua cabeça?

Minha cabeça? Por que está me perguntando isso? Vai se foder! Eu quero que tirem essas correntes!

Ouço um barulho lá fora, na varanda. Vozes. Tem algo lá fora além das luzes. Alguém. Som de pés se mexendo. Minha porta da frente é aberta. Dois homens, ambos de terno escuro, entram. Eles estão usando luvas escuras e justas. Não dizem nada. Eles ficam apenas um de cada lado da porta.

O que é isso?, pergunto. Quem são vocês? O que estão fazendo na minha casa?

— Não se preocupe. Eles estão comigo — diz Terrance.

Hen?, me dirijo a ela de novo. O que ele disse para você? Por que você fica apenas sentada aí?

— Podem vir agora — fala Terrance para os homens ao lado da porta. — Tragam-no, por favor.

Trazer quem? Quem está lá fora?

Outro homem entra na casa. Quando o vejo, algo dentro de mim se quebra. A sensação que tenho é diferente de tudo o que já senti. Perplexidade e ansiedade que se transformam rapidamente em pânico, terror. Não posso acreditar no que estou vendo. O homem fica parado na frente da porta, olhando fixamente para mim.

Não pode ser real. É impossível. Isso não pode estar acontecendo. Mas está. Não há dúvida quanto a isso. Ele está aqui. Parece tão real. Não artificial, não fabricado. Como um ser vivo em todos os aspectos. Ali de pé na minha casa. Sou eu, parado na minha porta, olhando para mim.

O substituto. O *meu* substituto. Estou tentando processar o significado de tudo isso. Terrance não estava mentindo. Ele não está tomando o meu lugar. É uma réplica, assim como ele disse. Existe. Está aqui.

Eu não consigo parar de olhar. Sinto que estou flutuando. Não consigo falar.

— Junior, eu sei como você deve estar se sentindo agora — diz Terrance. — Mas, por favor, tente ficar calmo. Olhe para mim. Aqui. Concentre-se, por favor. Fique calmo.

Terrance está falando diretamente para a sua tela agora. Não consigo ouvir o que ele está dizendo. Eu não me importo com o que ele está dizendo. Ele é irrelevante agora. Aquela coisa que está ali em pé na minha frente é idêntica a mim de todas as maneiras possíveis. Não poderia parecer mais real ou humano do que isso. Abaixo a cabeça e olho para minhas próprias mãos. As veias em minhas mãos, as linhas em minhas palmas, minhas impressões digitais. Elas não são únicas? Elas são minhas. Só minhas. Como pode haver uma réplica exata, um fac-símile de mim? Não é possível.

— Olá — diz a coisa.

A voz. É a minha voz. Não é semelhante à minha voz, mas idêntica.

— Junior — diz Terrance. — Eu quero que você conheça... Junior.

Sinto um breve momento de fascinação. O substituto me olha. Ele me dá um aceno lento. De repente, sou dominado por uma onda de raiva. Eu não quero ver isso. Eu não quero essa coisa aqui. Não em minha casa. Não com a minha mulher. Eu não me importo que pareça real — não é real! Não sou eu.

Não, digo. Não!

— Temos que te levar embora agora — diz Terrance. — Mas foi importante que você estivesse aqui para ver isso, para experimentar a troca cara a cara. Queríamos que você fizesse parte deste passo também, para te ajudar a processá-lo. Você está enfrentando a verdade agora. Sua própria verdade. Queríamos ver como você reagiria.

Minha verdade está bem aqui!, grito. Nesta casa, com Hen!

— Não, não está. Você não é... ele. Desculpe por termos enganado você durante este processo. E lamento dizer que é você. *Você* é o substituto. Ele é o verdadeiro Junior.

Hen?, grito. Hen!

Eu estou implorando para ela não apenas com palavras, mas com meus olhos, com todo o meu corpo. Ela não fará contato visual comigo. Ela está olhando para baixo. Fica apenas sentada aqui. Por que não olha para mim?

Vejo quando a coisa dá um passo em direção a Hen. Ela ergue a cabeça e está olhando agora fixamente, admirando. Admirando a coisa.

— Hen — diz a coisa. — Hen.

— Oi — diz ela, enxugando os olhos.

Calem a boca, chega!, grito. Alguém pode parar com isso?!

A coisa está olhando para ela. Eu não posso aceitar isso. A sensação é devastadora, muito pior do que qualquer outra coisa que eu imaginei.

— Eu não acredito — diz a coisa. — É você. Eu não acredito que estou aqui, Hen.

Está falando com a minha mulher. Conversando com a minha mulher como se fosse eu, como se fosse real. Conversando com a minha mulher enquanto estou sentado aqui, acorrentado.

— Já faz tanto tempo — diz Hen. — É você mesmo?

Ela se levanta, estende a mão e o toca. Ela toca seu rosto, suas mãos. Então aquela coisa se inclina para a frente e a beija. Nos lábios. Ela fica parada. Ela não o repele. Depois ele a abraça.

Não! Nós não queremos isso!, grito para Terrance. Nós não concordamos com isso! Afaste essa coisa de perto dela! Nosso acordo acaba aqui! Eu não vou mais partir!

Terrance vai até um dos homens de luvas e sussurra algo em seu ouvido.

— Você não vai a lugar algum, na verdade. Você só estava onde precisava estar o tempo todo. Você entendeu? Você já fez o seu trabalho. Nós vamos escrever sobre você e falar de você por anos. Eu te trouxe aqui na minha primeira visita, o dia em que ele, o verdadeiro Junior, partiu para ir morar na Instalação.

Ele aponta na direção da coisa que está com o braço em volta da minha mulher.

— Você não será capaz de entender isso, mas aquele foi o dia em que sua missão começou, no dia em que o verdadeiro Junior partiu daqui. Você viu os faróis do meu carro, não viu? Este foi o seu primeiro pensamento consciente. Foi assim que programamos: aqueles faróis foram o começo real de tudo para você. Depois disso, foi por sua conta.

Isso não é verdade, digo. Você está mentindo. Hen, diga a ele que ele está mentindo!

— É verdade — diz Terrance. — Você não se lembra muito de seu passado antes de Hen. Estou certo?

Ele faz uma pausa para eu pensar.

— Isso foi intencional. Queríamos que o tempo presente fosse o seu foco. E aquelas lembranças nítidas que você tem do passado? Como a primeira vez em que você viu Hen, o seu casamento, a sua mudança para esta casa, os seus anos de trabalho na fábrica de ração? Nós as demos a você. Passamos muitas horas com o verdadeiro Junior antes de ele partir para a Instalação, perguntando-lhe sobre a vida dele com Hen. Nós pegamos essas lembranças dele. Elas são realmente dele. Elas eram importantes para ele, então as tornamos importantes para você.

Ele aponta para a coisa. Posso sentir todos os olhos naquela sala voltados para mim. Exceto os de Hen. Ela deve estar perturbada e aterrorizada. Confusa. Deve estar tão chocada quanto eu.

— Eu esperava que fazendo isso, que concordando em fazê-lo, que isso poderia nos ajudar — diz Hen. — A mim e ao Junior. O verdadeiro Junior, quero dizer. — Ela olha para a coisa que ainda está com o braço em torno dela. — Eu pensei que, enquanto ele estivesse na Instalação, ter um substituto dele aqui poderia ajudar o nosso relacionamento. Achei que poderia me ajudar a valorizar o que eu tinha antes de ele partir.

Mas *eu sou* o Junior, digo. Você sabe que sou eu.

Ela sacode a cabeça.

— Não — diz ela. — Eu sinto muito.

A coisa dá um passo na minha direção.

— Meu Deus — diz. — Eu não acredito que seja tão parecido comigo.

Quero partir para o ataque. As correntes não deixam.

Ele chega mais perto e se agacha. Está a poucos centímetros de mim, me avaliando.

— É inacreditável — diz.

A coisa vira-se para Terrance e depois para Hen.

— Não consigo acreditar que estou mesmo de volta. Eu estou finalmente em casa — diz.

Pois não deveria estar!, grito. Você não precisa estar aqui. Saia! Vá embora! Agora mesmo!

— Acalme-se — diz Terrance. — Está na hora. Nós temos que te levar embora agora.

Mas aqui é a minha casa! Você não pode deixar ele... essa coisa aí... com ela! Ela não quer ficar com ele!

Os homens de luvas aproximam-se de mim por ambos os lados e me pegam pelos braços.

Não me toquem! Saiam de perto de mim!

Terrance vem na minha direção.

— Antes de acabarmos, preciso agradecer por tudo que você fez — diz ele. — Você é o primeiro de sua série. Haverá outros, mas você será sempre o primeiro. Por você ter sido capaz de fazer tudo por sua própria conta, e durante anos, sabemos muito mais agora do que antes, sabemos muito mais sobre o que é possível. Você fez isso. Estou muito orgulhoso de você.

A coisa olha para mim.

— Obrigado — ouço ele dizer. — Por cuidar de Hen enquanto eu estava longe. Por ajudá-la a sentir saudade de mim, do verdadeiro Junior.

Eu não quero ir! Eu não quero ir para o espaço! Eu quero ficar!

— Você não vai para o espaço — diz Terrance. — A primeira fase da Instalação já está concluída. É por isso que Junior está de volta.

Minha respiração está tão pesada agora, pelo calor, por meus pulsos amarrados. Eu não consigo respirar fundo. Sinto como se estivesse asfixiado. Tento fazer contato visual com Hen, desejando que ela olhe para mim, mas ela não o faz. Ela não vai me olhar mais. Ela não parece feliz. Eu sei que não está. Parece consternada. Ninguém mais percebe, mas eu vejo. Eu sei. Ela não está feliz com ele.

— Seu trabalho terminou. Você fez exatamente o que tinha que fazer, melhor do que esperávamos. Junior voltou. É hora de ele recuperar a própria vida.

Posso sentir minhas narinas dilatarem a cada respiração. Fico cansado só de manter a cabeça erguida.

— Descanse — diz ele, tocando suavemente no meio da minha testa, logo acima dos olhos.

Todos na sala começam a bater palmas. Os horríveis aplausos continuam por tempo demais.

— Há mais alguma coisa que você gostaria de dizer agora? — pergunta Terrance.

Mais ruídos lá fora, luzes refletidas na janela, pés na varanda, vozes sussurrando.

— Você fez tudo o que pôde — diz ele. — Está na hora.

Na hora de quê?, pergunto, usando todas as forças que posso reunir.

— Na hora de isso acabar.

P or onde começamos? Há tanto a dizer. Tanto para conversar, discutir, contar, compartilhar, explicar. Eu pensava nesse momento com muita frequência enquanto estava longe. Sonhava com isso. Imaginava como seria, aqui mesmo, quando eu finalmente voltasse para casa. Passei por muitas experiências. Tenho muito para contar a Hen.

Nós não tivemos nenhuma comunicação, nenhum contato, durante todo o tempo em que estive fora, por mais de dois anos. Dois anos, quatro meses, três semanas e um dia, para ser exato. É muito tempo para estar longe de casa e de minha esposa. Tanto para dizer.

Em vez disso, estamos sentados aqui à nossa pequena mesa, a que construí antes de partir, sem dizer nada um ao outro. Não é a recepção que eu estava esperando.

Corto um pedaço de batata, mergulho em um pouco de molho e ponho na boca. Sorrio enquanto mastigo. As coisas vão melhorar, tudo vai ficar melhor do que era antes de eu partir. Vai sim, digo a mim mesmo. Só pode melhorar.

— Eu nem sei por onde começar — digo.

— É — diz ela. — Nem eu.

A comoção do meu retorno e a saída do substituto, de Terrance e da equipe da OuterMore nos deixaram exaustos. Principalmente Hen. Ela está envelhecida. Posso ver isso no seu rosto, nos seus olhos. Seu andar está mais pesado do que eu me lembro.

É compreensível que estejamos ambos um pouco esgotados. Foi barulhento, trabalhoso e traumático também. Não foi uma morte real, claro, mas foi... alguma coisa. Eles a chamavam de "entropia fatal induzida". E tinha tanta gente aqui. O pessoal da OuterMore monitorando, coletando dados, reunindo informações, fazendo relatórios, e ainda toda uma frota de veículos lá fora. Eu queria que eles saíssem o mais depressa possível depois de tudo acabado.

Aqui estamos de novo, a primeira vez que estamos sozinhos em anos. Esse silêncio não pode continuar. Tem que ser rompido. E é o que faço:

— Eles não tinham certeza de como eu me sentiria, ou mesmo se eu seria capaz de andar por um tempo — digo. — Viver lá em cima por tanto tempo pode ter efeitos estranhos no corpo. Ainda me sinto meio esquisito.

— Parece que você perdeu peso — diz ela.

— Perdi sim. Eles nos faziam correr na esteira quase todo dia, mas os músculos podem encolher mesmo assim. A ausência de gravidade afeta tendões, ligamentos, pode levar algum tempo até o corpo se readaptar. O próximo grupo a ir para lá não terá que se preocupar em se readaptar à vida aqui. Eles não vão voltar. Ficarão em caráter permanente.

Hen põe o garfo ao lado do prato.

— Será preciso coragem para fazer parte disso. Ir embora sabendo que não vai voltar. Ir a um lugar inconcebível.

— Será preciso mais do que coragem — digo. — Acredite em mim. Não há nada familiar no espaço.

Sei que ela está orgulhosa de mim, orgulhosa por seu marido ter participado de algo tão importante quanto a Instalação, um teste que era física e mentalmente desgastante. Mas isso diz respeito a ela também. Ela me permitiu ir e esperou por mim enquanto eu estava longe, morando com um substituto para lhe fazer companhia. Foi um grande sacrifício da parte dela, talvez não na mesma medida em que o meu, mas mesmo assim foi alguma coisa. Eu não poderia ter passado por essa experiência sem a sua ajuda.

— Gravei um monte de vídeos, mas eles não mostram tudo.

— Não consigo nem imaginar — diz ela, empurrando o prato para longe. Ela não comeu nada. Só ficou remexendo a comida no prato.

— Parece que você também perdeu peso — digo.

— A vida também não foi exatamente normal para mim aqui — diz ela.

Concordo com um gesto de cabeça. Não sei bem o que dizer. Mas se ela puder entender as dificuldades por que passei, se sentirá melhor com o sacrifício que precisou fazer.

— Parece estúpido e óbvio, mas a palavra que me vem à mente é *grande*. Nosso espaço interno era restrito, mas em todos os outros lugares, lá fora, tudo era tão grande. Vasto. É estranho. Em vez de me sentir parte de uma missão importante, eu me sentia sozinho. Mesmo convivendo de perto com outras pessoas, por tanto tempo, eu me sentia isolado. É difícil de explicar. Senti saudade de casa. — Eu tenho que perguntar a ela. Estive pensando nisso, mas ainda não havia perguntado. — Como foi conviver com o substituto?

Ela esfrega a testa, depois me olha atentamente.

— Você está perguntando sobre o que eu passei?

Ela parece tão surpresa.

— Eu acho que sim, estou sim — digo.

— Foi difícil no começo. Muito mais difícil do que eu imaginava. Eu mal trocava uma palavra com ele. Eu o evitava. Éramos apenas nós dois. Demorou muito tempo, meses, mas acabei me acostumando com ele. Ele podia aprender coisas e se adaptar. Ele começou a ter consciência de mim de uma maneira que eu não esperava. Ficava genuinamente preocupado comigo. Eu sei que sim. Nós criamos um vínculo, não o mesmo vínculo que tenho com você, porém mais do que eu poderia ter imaginado. Depois do primeiro ano, passávamos um tempo conversando, e estava claro que ele queria me entender. Ele me escutava.

— Então você sentiu um vínculo com ele por causa de uma devoção cega? Uma devoção programada? — pergunto.

Ela fica em silêncio por um momento.

— Não, eu não diria dessa forma. E eu nunca quis devoção cega. Eu não posso deixar de me perguntar por que eles tiveram que desativá-lo. Por que não mantê-lo depois de tudo que ele passou? Depois de tudo que ele aprendeu?

— Você o trata como se fosse gente.

— Eu?

— É. Você.

Apoio meu garfo no prato e limpo a boca com o guardanapo.

— Vocês faziam as refeições juntos todas as noites?

— Sim, quase sempre. Claro.

Não digo nada. Espero que ela elabore.

— Ele não era você, Junior. Ele vivia como você, ele te imitava às vezes, mas ele não era você. Agi o mais normalmente que pude no começo, mas era estranho. E a parte da fala, do comportamento, essa parte foi incrível de testemunhar. Ele reagia às coisas exatamente como você faria. Às vezes, porém, reagia de maneira diferente do que você faria.

— Você quer dizer melhor? — digo.
— Eu disse diferente. Isso é tudo — diz ela.

— Antes de partir na missão, eles me fizeram um monte de perguntas, queriam que eu contasse minhas lembranças dos anos que vivemos juntos aqui, detalhes sobre nosso casamento, sobre você, coisas que só eu poderia saber. Eles queriam detalhes tão específicos... o que conversávamos, o que fazíamos, qualquer coisa de que eu pudesse lembrar. Devem ter usado tudo isso, inseriram essas lembranças nele, mesmo que minhas lembranças não significassem para ele o que elas significam para mim, para nós. Acho que fiz um bom trabalho, se você percebeu que ele se comportava como eu. Mas quando você afirma que houve momentos em que ele foi melhor do que eu, o que você...

— Ele não era idêntico. É só isso. Isso é tudo que eu quis dizer. E eu não falei *melhor*. Você que está falando.

Respiro fundo e esfrego o rosto. Eu me sinto cansado de repente, esgotado.

— Vou interpretar isso como um elogio. Eu não gostaria de ser idêntico a um computador vivo, a uma aberração.

— Junior? — diz.

— O que foi? — pergunto, e minha voz sai meio dura e alta demais.

— Acho que ele realmente se importava comigo, principalmente já perto do fim. Não no começo. No início, ele estava apenas seguindo a programação que lhe deram, mas no final... eu não sei. Parecia que...

— Eu acho que você está imaginando, Hen. A OuterMore discutiu esses pontos conosco. Eles previram que você desenvolveria um relacionamento com ele, mas ele não era real. Não era uma pessoa. Você parece que se esqueceu disso — digo.

— O jeito de ele me olhar às vezes — continua —, ou quando ficava aborrecido ou distante. Percebi essas coisas no nosso convívio. Ele sabia escutar.

— Hen, ele foi programado assim. Isso não significa nada.

— Talvez. Mas ele me ajudou. É tudo o que estou dizendo.

— Bem, acho que isso significa que eles ficarão felizes com os resultados.

— Você quer dizer a OuterMore?

— Isso.

— Parece uma pena, mesmo assim — diz ela.

— Uma pena o quê?

— Ele não existir mais. Eu me pergunto se ele pode ser substituído. Quer dizer, se nós podemos ser replicados e substituídos, ele também não poderia ser substituído?

Essa linha de conversa está começando a me irritar. Quero falar de mim, de como foi minha missão. É sobre isso que deveríamos estar conversando.

— Por que você se preocupa tanto com seu falso marido digital quando seu verdadeiro marido está de volta? Não importa o que aconteceu enquanto eu estava fora, acabou. Agora é como nos velhos tempos novamente. Somos só você e eu — digo, me inclinando para beijar o seu rosto.

Ela se levanta abruptamente, pega nossos pratos e os leva para dentro.

Termino a cerveja que abri para acompanhar o jantar. Coloco a garrafa vazia na mesa e olho em direção ao campo.

— Você teria detestado lá em cima — falo alto. — É tão solitário e desolado.

Ela não responde.

— Eu não vou te deixar de novo. Imagine se você tivesse ouvido falar disso quando era ainda uma garotinha, se lhe contassem que um

INTRUSO

dia você iria ajudar o seu marido a fazer algo incrível, que você faria parte de um acontecimento histórico. Teria sido difícil de acreditar naquela época, não é, Hen? Nada. Sequer uma resposta. Toda mudança é complicada. Ela vai ficar bem. Ela só precisa de algum tempo. É tudo tão difícil de acreditar, de compreender. Aqui estou eu, em casa novamente, com Hen. Ela está aqui por mim. Seu lugar sempre foi ao meu lado. Ela vai superar. Ela não precisa de mais emoções fortes ou drama. Hen sempre foi minha âncora. Sempre será, não importa o que aconteça.

Estou aproveitando a primeira semana desde o meu retorno para organizar minha vida aqui. É mais difícil do que achei que seria. Eu talvez não devesse estar surpreso por as coisas estarem diferentes. Fiquei fora por muito tempo. Seria ilusório pensar que eu poderia simplesmente voltar à minha vida de antes como se nada tivesse acontecido.

No trabalho está tudo bem. Voltei à fábrica. Passo os dias ensacando grãos e sementes. Mary perguntou sobre o primo de Hen, Terrance, mas ela não sabe de nada. Nem meus outros colegas de trabalho sabem. Para eles é como se eu nunca tivesse ido embora.

Em casa, com Hen, as coisas continuam meio conturbadas. A casa em si não está em bom estado de conservação. Há muito trabalho a fazer por aqui. Estou aproveitando meu tempo para dividir as tarefas. Hoje estou consertando uma grande depressão em um dos rodapés da sala de estar. Hen também está aqui, com os olhos pregados na sua tela. Ela já estava aqui antes de eu começar. Não se oferece para me ajudar, nem pergunta o que estou fazendo. Isso me irrita, mas decido não dizer nada. Estou fazendo todos os reparos sozinho. Não fui eu quem deixou a casa ficar nessas condições.

— Eu não devo me demorar muito — digo. — Só estou tentando dar um jeito nas coisas por aqui.

Ela ergue o olhar da tela por um segundo, mas não diz nada. Deixo a sala e vou até o porão para pegar um pedaço de lixa. Quando volto, a tela dela ainda está lá, mas ela se foi. Pego a tela em cima da mesa. Está bloqueada. Só vai abrir com a impressão digital dela. Isso é uma novidade. Hen nunca fazia isso.

Estamos deitados na cama. Está escuro. Já estou aqui há um tempo, tentando pegar no sono. Tento manter uma rotina o mais regular possível. Eu me deito à mesma hora e acordo à mesma hora todos os dias. Hen veio deitar-se poucos minutos atrás, está atrasada. Ela costumava ir para a cama sempre na mesma hora em que eu ia, mas não comento nada.

Ela não disse uma palavra, apenas cobriu-se com um lençol e virou-se para o outro lado, mas eu sei que não está dormindo.

— O que está acontecendo? — digo, com frustração na voz. — Tem alguma coisa que você quer me contar?

— Não — diz ela.

Pelo menos ela não está discutindo. Hen tem estado assim desde que voltei, e só piora. Em vez de melhorar a cada dia, de aproximar-se mais de mim a cada dia, ela parece estar à deriva, se desgarrando de mim. Está mais fechada, mais interiorizada, mais fria e distante.

Eu me levanto, saio do quarto e vou até o banheiro. Jogo um pouco de água no rosto e me olho no espelho. Como eles conseguiram fazer com que ele parecesse tanto comigo? Abro o armário de remédios. Algo se mexe e cai. É um inseto, um dos grandes, um daqueles besouros-rinocerontes chifrudos. Antes que eu possa esmagá-lo, ele foge para debaixo da pia.

Volto para o nosso quarto, para a nossa cama.

— Eu vi um daqueles besouros grandes — digo depois de me cobrir. — Dos grandões.

— Eles têm aparecido o tempo todo — diz ela. — Mais do que antes de você ir embora. Eu não gostava deles no começo, mas acabei me acostumando. Agora eu nem sequer os noto.

— Eu acho que não vou conseguir dormir — digo alguns minutos depois. — Fico pensando nas coisas.

Esta é minha tentativa flagrante de começar uma conversa, mas ela não pega a deixa. Não pergunta em que coisas estou pensando. Ela sequer se vira para mim. Fica ali. Sem dizer uma palavra.

— O que você quer? — pergunta Hen, me surpreendendo. Estou na frente da geladeira, a porta aberta. Pensei que estivesse sozinho na cozinha.
— Você me assustou — digo.
A pergunta de Hen me pegou completamente de guarda baixa. Já voltei há mais de um mês e Hen mal falou comigo, nem mesmo uma pergunta em dias, talvez até semanas.
— O que você quer? — repete a pergunta.
Eu me ergo e fecho a porta da geladeira.
— Um lanche — digo. — Eu quero lanchar. Vim lanchar.
— Não estou falando do que você está fazendo aí na geladeira. Estou falando sobre outra coisa. Sobre nós.
Eu deveria ter imaginado que seria uma pergunta como essa — agressiva, cheia de raiva, desafiadora.
— Eu já tenho o que quero — digo. — E não estou falando apenas do lanche também. Falo sério. O tempo todo. Eu não quero sair daqui de novo. Nunca mais. É isso.

— Então é isso? — diz ela com os braços erguidos no ar. — Isso basta para você?

— Eu não sei aonde você está querendo chegar. Fui o único que *teve* que sair daqui, enquanto você ficou em casa. Não foi fácil lá em cima, Hen.

— Você já parou para pensar na minha vida, antes, durante e depois de tudo que aconteceu? Alguma vez lhe ocorreu que minha existência não se resume a cuidar de você? Você está completamente alheio, não consegue nem perceber que eu mudei.

— Claro que percebi — digo. — E detesto o que estou vendo. Detesto do jeito que está. Eu quero você do jeito que era antes, Hen. É isso o que eu quero.

— É isso? É isso mesmo o que você quer?

— Sim — digo. — Você ficou vivendo com um monstro aqui. Isso acabou agora. Será que não pode se acostumar com esse fato? Eu já voltei. Temos tudo de que precisamos aqui e eu não vou partir de novo, nunca. Você não precisa se preocupar com isso. Nós temos a nossa vida de volta.

— Não — diz ela. — *Você* tem a sua vida de volta. Esta é a vida que você quer.

Espero que ela continue, que fale mais, que grite. Em vez disso, ela sai.

— Hen! — grito atrás dela. — Você trepou com ele?

Ouço a porta da frente se abrir.

Depois ela se fecha, com estrondo.

Acordo de repente. Eu havia caído num sono profundo e reparador. Tive muitos sonhos elaborados. Fiquei fora do ar por várias horas. Leva um tempo para eu perceber que estou sozinho. Hen não está ao meu lado na cama.

Estendo a mão e toco o seu lugar na cama. Frio. Ela chegou a vir dormir?

Vejo uma luz, um brilho na janela. Eu me levanto para ver o que é. Fogo. Pequeno, fora da casa, mas mesmo assim é fogo. Hen, ela está lá fora. Eu a vejo de pé a poucos metros, olhando para o fogo.

— Hen! — grito. Desço as escadas correndo e saio pela porta da frente. — *O que você está fazendo?* — grito quando me aproximo do fogo.

Eu havia pegado uma pá na varanda e começo a bater no objeto que arde no meio das chamas. É de madeira. Tento debelar as chamas, jogando terra com a pá.

— Está maluca? Você tem que se controlar, Hen!

Chuto um pedaço de madeira queimada com a minha bota. É o banco do piano dela. O banco que fiz para ela. Anos atrás. Ela deve tê-lo trazido do porão.

— Que merda você está fazendo? Por que queimar o banco?

— Desculpe — diz ela. Seus olhos acesos como fogo. Ela ainda está olhando para as brasas. — Eu deveria ter dito a você.

Ela não vai olhar para mim.

— Você precisa se controlar. Estou falando sério. Você é perigosa e destrutiva! Olhe para mim... não podemos continuar assim!

— Tem razão — diz ela. — Não podemos.

Eu vou trabalhar. Volto para casa. Como. Dou ração para as galinhas. Durmo. A rotina voltou às nossas vidas, mas demorou demais, meses sem fim.

Há mais algumas tarefas para fazer, umas dentro de casa, outras lá fora. Nós jantamos, às vezes juntos, mas em geral como sozinho. Na maioria das noites, nos sentamos em aposentos diferentes, assistindo a coisas diferentes em telas separadas. Nós fazemos tudo de novo no dia seguinte.

Mas eu me acostumei. Adaptei-me a essa nova normalidade. Física e mentalmente. Há poucas surpresas. Não estou reclamando. Já tive muita agitação, o suficiente para uma vida inteira.

As discussões acabaram agora. A estase se estabeleceu, e estou bem com isso. A calmaria não é tão ruim. Sempre vou preferir o silêncio a brigas e gritos. Nós dois não temos mais energia para isso. Hen tem seus altos e baixos, mas quem não os tem? Ninguém é perfeito. E nenhum relacionamento é perfeito.

A cordo sem precisar de despertador e abro os olhos. É de manhã, ainda cedo. O primeiro traço da luz do dia está brilhando na janela aberta. Adoro essa hora do dia. Talvez seja a minha preferida. Eu me espreguiço, até os pés saírem da cama.

— Bom dia — diz Hen.

Eu me viro. Ela está sentada na cadeira encostada na parede. Está vestida, mas tem uma toalha vermelha enrolada no cabelo como se ainda estivessem molhados. Não me lembro da última vez em que ela me deu um bom-dia.

— Há quanto tempo você está sentada aí? — pergunto.

— Não muito tempo.

Ela parece bem, descansada, relaxada. Tranquila. À vontade.

— Estou feliz por não ter que ir trabalhar hoje — digo. — Eu poderia ficar na cama um pouco mais.

— Você deveria — diz ela. — Por que não? Tenho uma coisa para você. Mas vou deixar na bancada da cozinha.

— Para mim? Você não pode me dar enquanto eu me levanto?
— Não — diz ela. — Estou saindo.

Ela se levanta e esfrega as duas mãos de cada lado da cabeça antes de tirar a toalha. Ela pendura a toalha úmida nas costas da cadeira.

— Tchau.

— Tchau, até mais tarde — digo, puxando meu travesseiro sobre os olhos.

Eu dormi muito mais do que é o meu costume. Não achei que voltaria a dormir depois que Hen saísse, mas acabei pegando no sono. Tive um sonho erótico com ela. Nós estávamos trepando aqui mesmo no chão do quarto. Estávamos nos agarrando sem parar. Ao acordar, senti que gostaria que ela estivesse aqui ao meu lado para que eu pudesse transformar o sonho em realidade.

Acho que nossa breve, mas agradável, troca de palavras hoje cedo me deixou mais tranquilo. Pode ser um pequeno sinal de que ela está superando os problemas, de que percebeu que tem uma vida boa aqui. Não tenho nada planejado para hoje. Não preciso sair de casa. Posso ficar andando por aí no meu próprio ritmo. É um dia só para mim.

Hen preparou o café antes de sair. Outro gesto atencioso. Eu me sirvo de uma xícara e me encosto na bancada. Estou prestes a tomar meu primeiro gole, mas paro. Só me lembro do que ela disse agora. Disse que iria deixar uma coisa para mim. Foi o que ela disse. Ali está, em cima da bancada, ao lado da cafeteira: um envelope escrito *Junior* na frente.

Largo a xícara na bancada e pego o envelope. Apanho uma faca no escorredor de talheres para abri-lo. Dentro tem uma carta. O papel está dobrado. Tiro do envelope, abro e viro para ler.

Que estranho. Não tem nada escrito nesta carta. Nada. Frente ou verso. A folha está em branco.

Passei o dia inteiro lá fora, principalmente no celeiro, trocando algumas telhas no telhado do celeiro e colocando aparas de madeira frescas nas caixas de nidificação.

Quando volto para dentro, vejo Hen. Ela está sentada na sala de estar, de costas para a porta. Está olhando pela janela. Ela passou o dia todo fora. Oito horas, talvez mais? Eu não reparei que havia voltado, e ela não me avisou de sua chegada.

— Você deixou uma carta — digo. — Hoje de manhã, antes de você sair. Estava em branco.

Antes que eu pudesse dizer qualquer outra coisa, Hen fala sem se virar.

Olha, diz. Nós temos uma visita.

Hen aponta para a janela e eu olho. Lá fora, os faróis verdes de um carro preto iluminam o caminho.

Você está esperando alguém?, pergunta.

— Não — digo.

Ficamos vendo o carro aproximar-se da casa e estacionar na frente. Alguns segundos depois de o motor parar, uma porta se abre. Terrance sai do carro e caminha até a varanda. Vou para a porta da frente e a abro quando ele está prestes a bater.

— Junior — diz ele. — Que bom ver vocês. Olá, Hen.

Olho para trás, por cima do meu ombro. Hen está a poucos metros atrás de mim, com as mãos cruzadas na frente do corpo. Está sorrindo calorosamente para Terrance.

Oi, diz. É bom te ver de novo também.

— O que você está fazendo aqui? — pergunto.

— Já faz um tempo desde a última vez em que te vi, Junior. Eu quis dar uma passadinha aqui para te ver... ver vocês dois, claro. Para ver por mim mesmo como as coisas estão indo. Depois de se tornar parte da família OuterMore, você faz parte dela por toda a vida — diz ele.

Você gostaria de entrar?, pergunta Hen.

— Não, tudo bem. Já estou vendo que vocês estão ótimos, que não há problemas.

Estamos bem, diz Hen. Eu estava prestes a preparar o jantar.

— E, Junior? Você se sente do mesmo modo? Está tudo bem?

Faço contato visual com Hen.

— Eu diria que as coisas estão finalmente voltando ao normal, sim.

Acredito nisso assim que acabo de dizer. Hen sorri para mim. Sinto o afeto estampado em seu sorriso, o entusiasmo. A partir de agora, sinto que talvez tenhamos virado a página. Que Hen aquiesceu.

— Eu não vou mais tomar o tempo de vocês, então — diz ele.

Obrigada por ter vindo, Terrance, responde Hen.

— Fico feliz que estejam indo bem — diz ele. — Boa sorte aos dois.

Felizmente, a visita de Terrance foi breve. Se ele estivesse preocupado, provavelmente teria ficado mais tempo. Ele saiu satisfeito.

Encontro Hen na cozinha, em pé ao lado do fogão. Ela está cozinhando algo na panela.

— Como é que foi hoje? — pergunto. — Você ficou fora um tempão.

Eu me aproximo e passo meus braços em torno de sua cintura.

Ela se vira para mim e me beija na boca. Dou um passo para trás. O que houve?, pergunta.

— Nada. Foi ótimo. Estou apenas... um pouco surpreso.

Ela não diz nada, mas me beija de novo, dessa vez mais demoradamente.

Estou feliz, diz. Estou feliz aqui. Você me faz feliz.

— É a melhor coisa que eu já ouvi em muito tempo — digo. — Ei, vamos comer lá fora esta noite?

Claro, diz. Se é isso que você quer.

Nós nos sentamos de frente um para o outro. Comemos, bebemos e conversamos. Ela pergunta como estão as coisas no meu trabalho na fábrica, pergunta sobre alguns dos consertos que estou fazendo em casa. Conto a ela uma história sobre uma máquina que consertei na fábrica e explico como ela funciona e como a consertei. Ela não para de perguntar e escuta atentamente as minhas respostas. Ri das minhas palhaçadas.

Quando acabamos de comer, Hen não se levanta e leva seu prato direto para a cozinha, como vinha fazendo logo depois de quase todas as refeições que tivemos desde que voltei. Nós realmente continuamos sentados ali conversando. Como costumávamos fazer quando nos casamos.

— Isso está sendo muito prazeroso, Hen.

Você quer dizer o jantar?, pergunta, tomando um gole do copo de vinho.

— O jantar, sim, mas me refiro a tudo desta noite. Só isso. Você. O seu jeito esta noite. Você ultimamente não parecia você.

Sério? Desde quando?

— Honestamente? Esse tempo todo desde que voltei. Você estava tão distante. É como se estivesse vivendo em seu próprio mundo.

Eu sei, diz ela, abaixando o copo. Você tem razão. Eu sinto muito. Eu não estava sendo eu mesma. Mas hoje me sinto muito melhor.

— Mesmo?

Sim, mesmo, diz. Estou aqui por você. Você sabe disso, não sabe? Eu gosto deste lugar e quero que você seja feliz.

É um alívio ouvi-la dizer isso. É o que eu esperava ouvir desde que voltei para casa.

— Eu quero que a gente seja feliz — digo. — *Nós dois*. Juntos.

Claro, diz ela. Nós sempre estaremos juntos.

Coloco minha mão sobre a dela.

INTRUSO

— Esqueça o que eu disse na outra noite, naquela fogueira — digo. — Eu estava apenas frustrado. Vou fazer outro banco para você, para o seu piano.

Obrigada, diz ela. Eu gostaria muito. Gostaria de começar a tocar novamente.

Ela se levanta e recolhe nossos pratos.

Quer alguma coisa da cozinha?, pergunta.

— Talvez outra cerveja — digo.

Tá bom. Quando eu voltar, você pode me contar mais sobre a Instalação. Eu quero ouvir tudo.

Ela pega nossos pratos sujos e vai para a cozinha.

É uma coisa estranha. A forma como estamos interagindo esta noite fez com que eu me sentisse mais jovem, mais leve. Um peso saiu dos meus ombros. A tensão pode crescer, viver e apodrecer, penetrando nos menores recantos da vida cotidiana. Isso que está acontecendo agora é um retorno à regularidade, à previsibilidade. Todos querem certezas. E nós as temos aqui, temos tudo de que precisamos.

Comecei a andar pela casa descalço desde o meu retorno. Nós nunca fomos autorizados a tirar nossas meias na Instalação, a não ser quando tomávamos banho. Agora, eu nunca uso meias. Meus pés estão um pouco sujos, mas não me importo. Gosto assim. Gosto de sentir as velhas tábuas de madeira sob os pés.

Eu poderia ficar aqui sentado para sempre. É como me sinto esta noite. É uma noite linda. Mais além dos campos de canola, o sol está mergulhando no horizonte. A única coisa que falta é Hen. Ela deveria estar aqui comigo. Ainda há muito o que contar a ela. Por que está demorando tanto? Aguardo mais alguns minutos, antes de me levantar.

Eu a encontro na cozinha, parada na frente da pia. Ela não está se mexendo. Está parada como uma pedra. Acho que nunca a vi ficar tão estática assim antes.

— O que você está fazendo? — pergunto.
Ela não responde. Ela não se move. Está de pé ali, paralisada.
— Hen?
Ela está olhando para algo na pia.
— Hen! Oi! Henrietta!
Minha insistência causa uma reação. Ela ergue a cabeça, vira-se para mim, afasta o cabelo do rosto, me olha e sorri.
É tão interessante, diz. Ele não está se mexendo. Fica apenas parado ali.
— Do que você está falando?
Desculpe, diz, eu não esqueci da sua cerveja. É que acabei... me distraindo.
Ela segue até a geladeira, pega uma garrafa e a abre.
Toma, diz, passando a garrafa para mim, beijando-me no rosto e saindo da cozinha.
Fico ali por alguns segundos, satisfeito com esse bem-vindo sinal de afeto — outra confirmação de que Hen voltou a ser o que era antigamente, ao seu antigo eu. Seu verdadeiro eu.
Vou até a pia. Dou uma olhada e recuo. Eu nunca vou me acostumar a vê-los. Ali, ao lado do ralo, tem outro daqueles besouros nojentos. Era isso que Hen estava olhando fixamente.
Usando uma colher suja do jantar, eu o esmago no fundo da pia. Ele se esfacela sob o metal. Temos que nos livrar deles, todos eles. O lugar deles não é aqui. São asquerosos. Deixo a água correr, levando os restos pelo ralo.
Deixo a colher de volta onde estava e saio para ver o pôr do sol com a minha mulher.

AGRADECIMENTOS

Nita Pronovost, Alison Callahan, Samantha Haywood, Kevin Hanson, Jennifer Bergstrom, Jean, Jimmy, Lauren Morocco, Adria Iwasutiak, Felicia Quon, Sarah St. Pierre, Meagan Harris, Brita Lundberg, Stephanie Sinclair, Barb Miller, Ken Anderton, METZ, Florettes+2, Islândia, Charlie Kaufman, todos da Simon & Schuster Canadá, todos da Scout Press, todos da Transatlantic, meus amigos, minha família.

Muito obrigado.

Impressão e Acabamento:
Bartira Gráfica